「大事にされている手は、
すごく綺麗な歌を奏でるんだ」
伊藤天馬
Pegasus Ito
アイドルグループ
『Tokyo☆Shinwa』
の元リーダー。

ケットシーの
看板娘たち

男女の友情は成立する？
いや、しないっ!!
Flag 4.
でも、わたしたち
親友
だよね？
下
七菜なな
イラスト／Parum

Prologue 2
春に取り残された花たちへ

枯《か》れない花に価値はなく、終わらない初恋《はつこい》は地獄《じごく》に他ならない。
理想を追い求めることは美しい。
ただ、理想はあくまで幻想《げんそう》だ。幻想《げんそう》に触《ふ》れることはできやしない。もし触《ふ》れることができるというなら、それは最初から理想ではなかったというだけだ。
そのことを、オレは——真木島慎司《まきしましんじ》は彼女を見ながら思った。

それは、海遊びから帰った夜のことだ。
完璧超人《かんぺきちょうじん》のおごりで焼肉に行き、ナツや日葵《ひまり》ちゃんを家に送った後。うちの家の客間は、タチの悪い酔《よ》っ払《ぱら》いと化した大人組に占拠《せんきょ》されていた。

「そもそも！ あんたたちが変な意地を張り合ってるから面倒《めんどう》なことになるんでしょ！ いい加減、素直《すなお》になりなさい！」

苛立《いらだ》たしげにビールのジョッキをテーブルに置いたのは、ナツの姉である咲良《さくら》さんだ。酒に弱いという話は当たりのようで、すでに顔はタコのように真っ赤だった。

咲良《さくら》さんがビシッと指さした先——紅葉《くれは》さんと雲雀《ひばり》さんが、ツーンとした顔でグラスを傾《かたむ》けている。

「咲良《さくら》くん、酔《よ》っているな？ さっきから言っている意味がわからないぞ。何か記憶《きおく》を美化していないか？」

「そうだよ〜。咲良《さくら》ちゃん、昔から口うるさいけど、最近は特にババ臭《くさ》いよね〜☆」

……昔はグループのリーダーとして頼《たよ》られていたのに、今ではただの老害扱《あつか》い。ナツは「咲《さく》姉《ねえ》さんは実家のコンビニの手伝いがあるから結婚《けっこん》していない」と言っていたが、単純に性格の問題ではないのか？

その咲良《さくら》さんが暴れそうになるのを、オレは慌《あわ》てて止めた。

「あんたら、まとめて性根《しょうね》を叩《たた》き直《なお》してあげようか⁉」

「それは他人の家で暴れるあんたであろうが！」

なんでこの女は、成人してまで他人の家でジョッキを投げたりできるのだ。まったく倫理観《りんりかん》を疑うぞ！

くそ、全部バカ兄貴のせいだ。飲み会場を提供すると言っておきながら、この酔《よ》っ払《ぱら》いどもの相手が面倒《めんどう》で逃《に》げ出《だ》しおって。タバコを買ってくるのに何時間かかっておるのだ。おかげでお袋《ふくろ》から、客人の相手を押し付けられた。

「そこの二人も、咲良《さくら》さんを煽《あお》ってないで止めるのを手伝いたまえ！」

完璧超人《かんぺきちょうじん》と紅葉《くれは》さんは、揃《そろ》ってのんびり酒を飲んでいる。

「問題ない。そろそろだ」

「今日は夜勤の後で海だし〜。さすがに疲《つか》れがピークよね〜☆」

二人が「なあ？」「ね〜？」と顔を見合わせて……おいこら、オレの前でイチャくな。叩《たた》き出《だ》されたいのか。

「ん？」

すると咲良《さくら》さんがピタリと動きを止めた。

なんだと思っていると、ずるずるとソファの上に沈《しず》んでいく。なんか猫《ねこ》みたいに身体《からだ》を丸めたと思ったら……小さな寝息《ねいき》が聞こえてきた。

「……この女、うちに寝《ね》にきたのか？　そんなに疲《つか》れてるのであれば、さっさと帰ればよかろうに」

「紅葉《くれは》くんは明日、東京に戻《もど》るからな。これでも、友人との時間を大切にしているのさ」

完璧超人《かんぺきちょうじん》が「よっこいせ」と立ち上がった。咲良《さくら》さんを抱《だ》きかかえると、勝手知ったる感じで客間を出ていく。

「慎司《しんじ》くん。居間の布団《ふとん》を借りるよ」

「ああ。来客用だし、適当に使いたまえ。お袋《ふくろ》はもう寝《ね》てるから、そっちの許可は取らなくてよい」

そして完璧超人《かんぺきちょうじん》が出て行った。

……咲良《さくら》さん。昔、うちに遊びにきたときには「大人っぽいお姉さんだなあ」とか思っておったのに、これでは華もない。美人という武器も、ただ持っているだけでは意味がないということか。

そして客間が静かになった。

オレが生まれたときからある古めかしい壁掛《かべか》け時計《どけい》の秒針が、コチコチと鳴っている。紅葉《くれは》さんはニコニコ微笑《ほほえ》みながら、またワインのボトルを空にした。

「慎司《しんじ》く～ん。お酒、なくなっちゃったな～？」

「うちには親父《おやじ》の焼酎《しょうちゅう》しか備蓄《びちく》していないぞ」

「そっか～。それなら、そこのコンビニで買ってこよ～♪」

「あ、ちょ……」

酔《よ》っ払《ぱら》いの女を一人で買い物に行かせるわけにもいかず、慌《あわ》てて後を追った。

この辺りは街灯も少ないせいで、夜になるとすっかり暗い。じめっとした夜風に、オレはうんざりしながら隣《となり》の紅葉《くれは》さんに視線を向ける。

……あの頃《ころ》は、この人を見上げていた。

でも、今ではオレのほうが見下ろす側だ。ついでに無防備な胸の谷間が目に入って、慌《あわ》てて視線を逸《そ》らした。

「あ～っ☆　慎司《しんじ》くん、今、わたしの胸見てたでしょ～？」

「見ていない。自意識過剰《かじょう》なのではないか？」

「うふふっ。意外に初心《うぶ》なんだね～？」

「それだけでかいのを持った女とは付き合ったことがない。物珍《ものめずら》しいから目が行っただけだ」

紅葉《くれは》さんがクスクス笑っている。……やっぱり、コンビニくらい一人で行かせればよかった。

この女と二人きりなど、居心地《いごこち》悪《わる》くてしょうがない。

「紅葉《くれは》さん。明日、本当にリンちゃんの手助けをしてやるつもりか？」

明日は、例のリンちゃんのご褒美《ほうび》旅行の始まりだ。

予定では、明日の朝一で紅葉《くれは》さんは東京に戻《もど》る。その際に、油断しきっているナツを一緒《いっしょ》に連れて行くプランだったはずだ。

「なんでそんなこと聞くのかな～？」

「いや、紅葉《くれは》さんが素直《すなお》に協力してやっているのが不審《ふしん》なだけだよ」

「ひど〜い！　それじゃあ、まるでわたしが冷血漢みたいな言い方じゃ〜ん」

「そういう不要なポーズはいらん。オレはナツのように、いちいちツッコんでやるタイプではないのだ」

紅葉《くれは》さんがつまらなさそうに唇《くちびる》を尖《とが》らせる。

そして何やら悪戯《いたずら》な笑《え》みを浮《う》かべると、オレのほうを向いてつま先立ちになる。まるで秘密を打ち明けるかのように耳元で囁《ささや》いた。

「ゆ〜ちゃんを、わたしが出資してるクリエイターに会わせようと思ってるんだ〜☆」

「……っ⁉」

予想外の言葉に、オレは聞き返した。

「……どういう風《ふ》の吹き回《まわ》しだ？」

「もちろん、ゆ〜ちゃんを手伝ってあげようなんて思ってないよ〜。だってわたし、あの子のこと嫌《きら》いだもんね〜☆」

「…………」

それは、どういう意味だろうか。

いや、わかっている。紅葉《くれは》さんと雲雀《ひばり》さんの過去を鑑《かん》みれば、ナツのような甘っちょろいやつは許せないに決まっているだろう。この話をオレにするのも「これ以上、余計なことをするな」と釘《くぎ》を刺《さ》しているに違《ちが》いない。

「これも日葵《ひまり》ちゃんを手に入れるための一環《いっかん》だよ〜。ゆ〜ちゃんの夢を、揺《ゆ》さぶってみようと思うんだ〜☆」

「まあ、東京に行ったあとは何をしようと紅葉《くれは》さんの自由だ。オレの役目も、ナツを東京に連れて行くまでのプラン作成だからな。後は勝手にやりたまえ」

とは言うが、これだけは言っておかなくてはなるまい。

「しかし、それではリンちゃんが可哀想《かわいそう》ではないか？」

「なんで〜？」

「せっかくナツとの旅行を楽しみにしておるのに、横から水を差されてはかなわんだろう」

「え〜？　むしろ今の状況《じょうきょう》のほうが、凛音《りおん》が可哀想《かわいそう》だと思わないかな〜？」

「…………」

それを否定できずにいると、紅葉《くれは》さんはオレのサンダルを踏《ふ》もうと足を伸《の》ばしてきた。オレがひょいっと避《さ》けると、うっかり転びそうになってしまう。そして不満そうにぷ〜っと頰《ほお》を膨《ふく》らませた。いや、オレが悪いわけではなかろう。

紅葉《くれは》さんは肩《かた》をすくめると、再びコンビニに向かって歩き出した。街灯の少ないこの路地に、店頭の灯《あか》りが燦々《さんさん》と輝《かがや》いている。

「今のあの二人の関係の、どこが親友かな〜？」

「知らん。正直、あの二人が何を指して親友と言っておるのか不明すぎる」

「そうだよね～？　今の凛音《りおん》とゆ～ちゃん、ただ一緒《いっしょ》にいる口実のために親友って言葉を乱用してるだけだよね～？」

「それでもよいではないか。そうでもせんと、この状況《じょうきょう》であの二人が関係を結び続けるのは困難だ」

紅葉《くれは》さんが立ち止まった。

ふと空を見上げる。夏の大三角が、三つの星座を結んでいた。

「それは、辛《つら》いだけだよ」

紅葉《くれは》さんは、どこか寂《さび》しげに言った。

「叶《かな》わない初恋《はつこい》は、ちゃんと終わらせてあげないとね」

「………」

その瞳《ひとみ》は夜空の星座を見ているようで、まったく違《ちが》った。

何を考えているのか。オレにわかるはずもない。ただ、彼女の言葉に共感を覚えるのも事実だった。

終わらない初恋《はつこい》は、地獄《じごく》に他ならない。

オレたちはそれを知っているからこそ、すべてを手に入れられる気になっているリンちゃんが歯痒《はがゆ》く……そして愛《いと》しくもある。

紅葉《くれは》さんが振《ふ》り返《かえ》ると、その顔にいつものわざとらしい笑顔《えがお》を張り付けていた。パンッと手を叩《たた》くと、甘ったるい声でオレにすり寄ってくる。

「ところで〜。わたし、お財布《さいふ》持ってきてないんだ〜☆」

「ちょっ⁉ 貴様、高校生にたかるつもりではあるまいな⁉」

「慎司《しんじ》くぅ〜ん。わたし、今夜は酔《よ》いたい気分なんだけどな〜？」

「やかましい！ 財布《さいふ》を取りに帰るぞ！」

「うふふっ。おごってくれたら〜、今夜はお姉さんが添《そ》い寝《ね》してあげてもいいんだよ〜？」

「いらんわ！ この酔《よ》っ払《ぱら》いめえっ‼」

……結局、オレの財布《さいふ》が空になるまでカゴ一杯《ぱい》の酒やつまみが投入された。断じて、添《そ》い寝《ね》などという下らん妄言《もうげん》につられたわけではない。

終わった初恋《はつこい》の流れつく場所など、オレにはわからん。

だが、少なくとも親友という妄言《もうげん》で誤魔化《ごまか》せるものではないと言い切れる。

醜《みにく》い本心も、甘い砂糖でコーティングすれば理想と言い張ることができるだろう。

ただ、それは洋菓子《ようがし》を並べるショーケースの外から眺《なが》めるからこその美しさだ。実際に持ち帰り、フォークを入れ、口に運ぶ。そうすれば、もう誤魔化《ごまか》しは利《き》かない。

結局のところ、ケーキの本質は見栄《みば》えではなく味なのだから。

Ⅵ

〝究極美〟

こんにちは！

誰《だれ》もが認める世界の美少女、犬塚日葵《いぬづかひまり》だよ！

アタシは悠宇《ゆう》の運命共同体《きょうはん》でありながら、最愛のカノジョであり、そしてなんと、この夏休み限定でえのっちのお家《うち》の洋菓子店《ようがしてん》の看板娘《かんばんむすめ》もやっている超《ちょう》ご多忙《たぼう》美少女なのだ☆

今日は、そんなアタシの一日を紹介《しょうかい》するね！

① 起床《きしょう》！

お日様が顔を出すより先に起きて、窓を開けて外の空気を胸いっぱいに吸い込む。朝露《あさつゆ》を含《ふく》んだ自然の香りが素敵《すてき》だね。夏休みと言えど、アタシはきっちりとした生活リズムをキープしてるの。美しさは規則正しい生活から！

②　ランニング！
お祖父《じい》ちゃんと一緒《いっしょ》に、夏休みの朝のランニングに行くよ。今年は色々あってあんまりできなかったけど、最後の一週間くらいはお祖父《じい》ちゃんとの時間を大切にしなくっちゃ。体形をキープするのも、悠《ゆ》宇《う》のパートナーとして当然のことだからね。
③　シャワーを浴びて朝ご飯！
献立《こんだて》は、お母さんが用意してくれたトーストと目玉焼き。そして裏の家庭菜園で育った野菜のサラダを頂くのだ。自然のお野菜の味が、すっごく嬉《うれ》しいね。
④　準備してバイトへ！
お母さんの車で、学校を経由してもらう。なんで夏休みなのに学校に行くのか？　それは悠《ゆ》宇《う》がいない間に、花壇《かだん》のお手入れをするためだよ。夏のお花はアクセになったから今は何も植えていないけど、トラブルが起こってたら大変だからね。

んふふー。この嫁力《よめりょく》……我ながら惚《ほ》れ惚《ぼ》れしちゃうなー♪

そして所用を終えると、この夏休みの一番大きな使命……えのっちのお家《うち》の洋菓子《ようが》店《してん》に向かうのだ！

童話のリスのお家《うち》みたいな、メルヘンチックな建物。さすがえのっちママ、いいセンスしてるよなー。アタシたちも将来的にお店を持つときは、デザインとか相談してみよっと♪

裏口から入って、更衣《こうい》室《しつ》へ。しっかりと手を洗って、清潔な制服に着替《きが》える。これ、えのっ

ちママが毎日お洗濯《せんたく》してるんだって♪

よーし！　今日もベリーベリー可愛《かわい》いアタシの魅力《みりょく》で、ケーキたくさん売っちゃうぞー☆

「おはようございまーす！」

「あら。日葵《ひまり》ちゃん、おはよう」

えのっちママと、パートのオバサマに挨拶《あいさつ》する。二人は早朝から、ここでお菓子《かし》作りをしているのだ。アタシも開店まで、ケーキの準備をお手伝いするんだよ。

さっそく、完成したケーキをカウンターのショーケースに運んでいく。教えてもらった順番で綺麗《きれい》に並べて、POPを付ける。おススメのシャインマスカットのタルトを、よく見えるようにと……。

うーん。この焼きたてのバターの香りがたまらないね！

商品を並べ終えると、次のケーキを取りに行く。ついでにカウンターの隅《すみ》で縛《しば》り上《あ》げている真木島《まきしま》くんを蹴《け》っとばしたら、元気な声を上げたよ。

「んーっ！　んん――――っ⁉」

おっと。早朝から仕込んでいた割には、すごく元気だなー♪　てか、なんて言ってるかわかんなくて不快だね♪　口に噛《か》ませてる布を剝《は》いじゃえっ！

「……ぷはっ⁉　な、なんだコレは⁉　目を覚ましたら、なんでいきなりリンちゃん家の店にいるのだ！」

「えー。だって悠宇《ゆう》のことも、寝《ね》てる間に拉致《らち》ったんでしょ？」

「落ち着け！　それは、オレではなく紅葉《くれは》さんの仕業であろう⁉　何でもかんでもオレが提案したように解釈《かいしゃく》するのはやめたまえ！」

罪人のくせに、えらく態度が大きいよなー。まずは自分の立場をわからせてあげる必要がありそうだね☆

「それじゃ、まずはテニスラケットでお尻《しり》を……」

「落ち着けと言っておるのだが⁉　そもそも、うちからどうやって連れ出した⁉」

「だって真木島《まきしま》くんのお兄さんが、手作り衣装《いしょう》のコスプレ撮影《さつえい》1回で運んでくれるって言うからさー」

「あのロリコン住職め……」

聞き捨てならない言葉に、げしっと尻《しり》を蹴《け》った。

「んふふー。それじゃまるで、アタシが幼児体形みたいに聞こえるんだけどなー？」

「ハッ。リンちゃんと並んだ様子を見れば、そう言われても仕方ないように思えるが？」

「えのっちが規格外なだけで、アタシは平均ですー。ぶっ殺すぞー♡」

げしっげしっと尻《しり》を蹴《け》り続ける。このまま痔《じ》にしてやる勢いでやってみよー♪

……とか遊んでいると、厨房《ちゅうぼう》からえのっちママが顔を出した。顔の前で両手を合わせて、真木島《まきしま》くんに可愛《かわい》らしく謝罪する。

「ゴメンね、慎司《しんじ》く〜ん。わたしがつい口を滑《すべ》らせちゃって〜……」

「くっ。そういうことであったか……」

状況《じょうきょう》が理解できたところで、話を進めよう。アタシはケーキを並べ終わって空になったトレーを、手でパシパシ叩《たた》いて威嚇《いかく》する。

「で？　正直に言ってみよっか？」

「な、何をだ？」

「んふふー。この期《ご》に及《およ》んでとぼけるなよー。えのっちも、悠宇《ゆう》を追っかけて東京に行ってるんでしょ？　何が目的？」

「……も、黙秘権《もくひけん》を行使する」

ま、そうだよね。簡単に吐《は》くとは思ってないよ。だからこそ、こうやって一晩、時間を作ったんだからさ。

アタシは静かに、懐《ふところ》から一枚の写真を取り出した。それを見た瞬間《しゅんかん》——真木島《まきしま》くんがくわっと目を見開く！

「そ、それは……っ⁉」

「んふふー。さすが真木島《まきしま》くん、わかっちゃうよなー？」

もったいぶりながら、家から持ってきた写真を目の前でヒラヒラする。真木島《まきしま》くんの視線は、それに釘付《くぎづ》けだった。

……イケる。

アタシは確信しながら、それを背中に隠《かく》した。

「もし真木島《まきしま》くんがちょっとだけ素直《すなお》になってくれたら、この紅葉《くれは》さんが高校生の頃《ころ》のチェキあげちゃうんだけどなー？」

「ぐぐぐ……っ⁉」

ぷフフフ。

お兄ちゃんの部屋のアルバムから拝借してきた、紅葉《くれは》さんの体育大会での秘蔵チェキ。モデルになる前の学生時代の体操服姿とくれば……市場に流せばいくらになるか計り知れない代物《しろもの》だよね。

しかも、これは真木島《まきしま》くんが紅葉《くれは》さんに恋《こい》してた頃《ころ》とドンピシャ。この魅力《みりょく》に抗《あらが》うなんて、並みの男では不可能だよ。

真木島《まきしま》くんはギリギリと唇《くちびる》を噛《か》むと、呻《うめ》くように言った。

「……ナハハ。オレもずいぶんと安く見られたものだ」

「え……？」

まさか、このチェキが効かない？

アタシがごくりと喉《のど》を鳴らした瞬間《しゆんかん》、真木島《まきしま》くんがくわっと目を見開いた！

「真相を知りたければ、そのチェキを5枚は用意してきたまえ！」

「はあ⁉　ちょ、足元見すぎでしょ！」

「ナハハ。悪いが、オレも成り行きによっては無事じゃ済まんのでなァ？　そのくらいの見返りがなければ情報は流せんよ」

「くっ。そう言っても、3枚しか持ってきてないし……あっ⁉」

うっかり口を滑《すべ》らせた瞬間《しゆんかん》、真木島《まきしま》くんが「カモン」と舌を鳴らした。

「真木島《まきしま》くん、謀《はか》ったなーっ⁉」

「ナハハ。まったく迂闊《うかつ》な女だ。ほら、ナツが心配なら、大人しく3枚寄越《よこ》したまえ」

「ぐぬぬ……っ！」

こいつ、うまいことこっちの掛《か》け金《きん》をすべて吐《は》き出《だ》させやがった！

真木島《まきしま》くんが「ホレホレホレ」と催促《さいそく》する。アタシはキレそうになるのを必死に抑《おさ》えながら、3枚のチェキを握《にぎ》らせた！

「おらーっ、持ってけドロボーッ！」

「毎度ありィ！」

交渉《こうしよう》成立。

チェキをもう二枚追加して、真木島《まきしま》くんの手に握《にぎ》らせる。縄を解いてやると、すかさず戦利品をチェックした。

（……ぷははっ。なーんちゃって♪）

アタシは悔《くや》しがるふりをして、しれっとほくそ笑《え》んだ。

途端《とたん》、予想通り真木島《まきしま》くんが悲鳴を上げる。

「日葵《ひまり》ちゃん、待ちたまえ！　このチェキ、余計なものまで映っているではないか⁉」

「ぷっはーっ！　そりゃお兄ちゃんたちが撮《と》ったやつだもん。男子勢も映ってるに決まってんじゃーん！」

「ふざけるな！　これは詐欺《さぎ》であろう⁉」

「えー？　人聞き悪くなーい？　それ、ちゃーんと紅葉《くれは》さんが映ったチェキだよね？」

今度はアタシが「ホレホレホレ」と催促《さいそく》する番。

「おやおやー？　真木島《まきしま》くん。お盆《ぼん》過ぎに二人でカフェで会ったとき、キメ顔で『オレはチャラいが嘘《うそ》はつかん（どやっ）』って言ってたの誰《だれ》だったかなー？」

「この女……何が悲しくて、あの完璧超人《かんぺきちようじん》や兄貴の写真を保管せにゃならんのだ……」

「だってソロのやつなかったしなー？」

たぶん、どっかに隠《かく》してるか、燃やしちゃったか。

どっちにしても、これ以上の捜索《そうさく》は無理。それにバレたらガチめに怒《おこ》られちゃう。これでもアタシにとっては命《いのち》懸《が》けの取り引きなんだぞ。

　えのっちママがドアから顔を覗《のぞ》かせて「わたしの娘《むすめ》の生写真が取り引きに使われている……」ってドキドキしているけど、それは気にせず話を続ける。

真木島《まきしま》くんはしっかりとチェキを懐《ふところ》に収めた。

「今回の旅行は、リンちゃんのご褒美《ほうび》旅行だ。日葵《ひまり》ちゃんもずっと世話になっているのだから、今回ばかりは大人しくしておきたまえ」

「でも、二人っきりとか危ないじゃん！　いつ悠宇《ゆう》が、えのっちの毒牙《どくが》にかかるか……」

「……よくもまあ、そこまで自分を棚《たな》に上げて発言できるものだと感心するな」

　うるさーい！

　アタシのことはいいの！　話を逸《そ》らすな！

　真木島《まきしま》くんはフッと嘲笑《ちょうしょう》すると、棚《たな》のシナモンラスクを取った。イートインコーナーの椅子《いす》にドカッと座り、勝手にラスクをパリパリ食べ始める。

「そうだな。ナツは一途《いちず》だが、意外に流されやすいという面も否定しきれない。普通《ふつう》ならそういう展開もあり得るが……」

　ぺろっと指を舐《な》めると、なぜかうんざりした様子で断言した。

「問題はなかろう。リンちゃんは悪いこと、は、で、できん」

「…………？」

　どういう意味だろ？

アタシが首を傾《かし》げると、真木島《まきしま》くんは肩《かた》をすくめる。

「そのままの意味だ。リンちゃんは、日葵《ひまり》ちゃんのように小狡《こずる》いことができんタチなのだ。生来の気質というよりも、育ちの中で得たものだが……」

「なーんか、言い方に悪意があるんだけど？」

「そう感じるということは、日葵《ひまり》ちゃんの中に罪悪感がある証拠《しょうこ》ではないか？」

「……こいつ、ほんと普通《ふつう》に会話することができないわけ？」

真木島《まきしま》くんは「ナハハハ」と軽快に笑った。ついでに「日葵《ひまり》ちゃん以外の女子にはマトモだよ」と余計な一言も付け加える。

「そもそも、日葵《ひまり》ちゃんこそ少しは落ち着いたらどうだ？　現状、ナツはすでに日葵《ひまり》ちゃんのものだ。それなのに取り乱しておったら、二人の関係の底が知れるというもの」

「うぐ……っ⁉」

ズバッと正論で斬《き》り伏《ふ》せられた。

アタシが黙《だま》った瞬間《しゅんかん》、真木島《まきしま》くんはにまあっと嫌《いや》らしい笑《え》みを浮《う》かべる。

「ナツとの絆《きずな》を信じているというなら、どーんと構えておればよいのだよ。それに、あれだけ献身《けんしん》的に尽《つ》くしてくれたリンちゃんのことも信じられないか？」

「う、うう……っ！」

完全に言い負かされたアタシは、その場でがくっと膝《ひざ》をついた。

……そ、そうだよね。悠宇《ゆう》は頼《たよ》りないところもあるけど、いざというときはちゃんとダメって言える子だし。えのっちと遊びに行くのくらい、笑って許してあげなきゃ。

それにホラ。一緒《いっしょ》に旅行って言っても、さすがに同室でお泊りとかはナイでしょ。それはさすがに、人としてどうかと思うもんな。

よーし、決めた！　ここは正妻としての懐《ふところ》の深さをどーんと見せつけてやるぞーっ！

アタシがうおおっと燃えていると、ふと真木島《まきしま》くんが笑った。

「それに、日葵ちゃんはナツがどうこう言っていられる立場ではないであろうからなァ？」

「は？」

どういうこと？

真木島《まきしま》くんは意味深な笑《え》みを浮《う》かべて、窓の外を見ていた。何か見えてんのかなーって思って、そっちに視線を向けた瞬間《しゅんかん》……。

チリンチリーン、と洋菓子店《ようがしてん》のドアのベルが鳴った。

あれ？　配達業者さんかな？

でも、いつもの人は裏口から入ってくるもんね。じゃあお客さんだろうけど、まだ開店時間には遠い。もしかして中でゴチャゴチャやってるから、開店してるんだと勘違《かんちが》いしちゃったのかな？

アタシはすかさず完璧《かんぺき》な営業スマイルを作った。そして看板娘《かんばんむすめ》らしく、丁寧《ていねい》なお辞儀《じぎ》で迎《むか》える。

「いらっしゃいませー♪」

綺麗なスーツ姿のお兄さんに、ぺこーっと頭を下げる。

「大変申し訳ございませんが、まだ開店時間……では……な、い」

アタシの言葉が止まった。

そのピカピカに磨《みが》かれた靴《くつ》に見覚えがあったから。それを裏付けるように、頭上から爽《さわ》やかな声が降ってくる。

「やあ、日葵《ひまり》。今日もバイト頑張《がんば》っているな！」

「……お、お兄ちゃん？」

アタシの自慢《じまん》の雲雀《ひばり》お兄ちゃんだった。

なんでお兄ちゃんが？　まさかケーキを買いにきたのかな？

いや、仕事前にケーキ買いにくるって意味わかんない。じゃあ、アタシの様子を見にきたってこと？　いやー、さすがお兄ちゃん！　すごく妹思いだよなー……。

（……いや、何も知らない生娘《きむすめ》のふりはやめよう）

アタシには、たった一つだけ心当たりがある。そして、それは当たってる予感がある。だって、さっきからアタシの危機探知レーダーがガンガン反応しまくってる。だらだらと冷《ひ》や汗《あせ》が流れて、背中がキモチワルイ……。

「ハハハ。驚《おどろ》かせてしまったね。ちょっと仕事に行く前に、日葵《ひまり》に確認《かくにん》しておきたいことがあったんだよ」

「へ、へー。そうなんだー。びっくりしちゃったなー……」

和《なご》やかな会話をしながら、そーっと顔を上げてみる。

お兄ちゃんの冷酷《れいこく》な瞳《ひとみ》が、アタシを見下ろしていた。

あ、殺《や》る気だ。

察すると同時に、アタシの身体《からだ》は動いた。身体《からだ》の限界を超《こ》えるスピードで振《ふ》り返《かえ》ると、厨《ちゅう》房《ぼう》に向かうドアを開け——あれ、開かない⁉

ガチガチとドアノブを捻《ひね》るけど、まったく反応がない。

「な、なんで？　さっきまで……ああっ⁉」

ドアの向こうから、真木島《まきしま》くんがひらひらと手を振《ふ》っていた。口パクで「では、またな」と告げると、さっさと裏口から出て行ってしまう。

「あ、あのヤリチ……っ⁉」

つい汚《きたな》い言葉で罵《ののし》ろうとした瞬間《しゅんかん》、ひゅっと背後から手のひらで口をふさがれる。そして耳元で優《やさ》しく告げられた。

「日葵《ひまり》？　女の子が、そんな言葉遣《ことばづか》いをしちゃあいけないよ？」

「は、はひ……」

お兄ちゃんの手、冷てぇー……。

ガクガクしながら振《ふ》り返《かえ》ると、お兄ちゃんが無表情のまま、極《きわ》めて優《やさ》しい声音《こわね》で問いかけてくる。

「今朝。僕の書斎《しょさい》から、何か持ち出さなかったかい？」

「…………………………………………………………………………………………ゴメンナサイ」

もちろん、許されなかった。

厨房《ちゅうぼう》のえのっちママたちがアタシの悲鳴を聞きながら「今朝も賑《にぎ》やかねえ」とほっこりしていたのは、後で聞いたお話でした☆

♣♣♣

こんにちは！　俺、夏目悠宇《なつめゆう》！

普段《ふだん》は高校に通いながら、フラワーアクセサリーのクリエイターを目指して奮闘《ふんとう》中。最近、ずっと親友だった日葵《ひまり》と付き合うことになって、順風満帆《じゅんぷうまんぱん》な高校生活だ。

今は、夏休みの最後の一週間。

学校の同級生で親友の榎本《えのもと》さんと一緒《いっしょ》に、東京にきている。色々と予想外の夏休みになったけど（そもそも拉致《らち》スタートて……）、楽しい旅行を満喫《まんきつ》しているんだ。

そして今日から、俺にとって大きなイベントが始まる。

なんと榎本《えのもと》さんの姉の紅葉《くれは》さんの伝手《つて》で、アクセクリエイターと会うことになったんだ。どんな人かはわからないけど、きっと素敵《すてき》な出会いになると思う。だってクリエイターに悪い人はいないからさ！

これをきっかけに、また一つ成長できたらいいな！

よーし！　燃えてきたぜーっ！

――って感じのテンションで迎《むか》えた、東京三日めの朝。

今日もまた、燦々《さんさん》と眩《まぶ》しい太陽の光がスイートルームに降り注いでいる。この夏にふさわしい、絶好の旅行日和《びより》といえるだろう。

俺はベッドルームのドアに張られたメモ書きを見つめながら、途方《とほう》に暮れていた。

『裏切者《うらぎりもの》、入るべからず』

ドアの向こうから、静かな怒《いか》りのオーラが滲《にじ》み出《で》ている。

もちろん、榎本《えのもと》さんのものだ。昨日の夜、紅葉《くれは》さんとの夕食を終えて帰ってきた途端《とたん》、こんなものを張り付けて引きこもってしまったのだ。

……起きてる、よな？　さっきからゴソゴソ聞こえるし。

俺は深呼吸して、ドアをノックした。

「榎本《えのもと》さん？　起きてる？」

『…………』

返事なし。

俺のお腹《なか》がキリキリと痛みを増す。

……これ、怒《おこ》ってるんだよな？

榎本《えのもと》さんがこういうリアクションするの初めてだから、確信が持てない。いつものようにアイアンクローかましてくれたほうがわかりやすくて助かるんだけど……。

いや、理由はわかるんだ。たぶん俺が榎本《えのもと》さんを無視して、紅葉《くれは》さんの誘《さそ》いに乗ったからだ。昨日はよく見てなかったけど、榎本《えのもと》さんは乗り気じゃなかったし。

(でも、そんなに怒《おこ》ることか……?)

そもそも、この旅行だって俺は最初から了承《りょうしょう》してたわけじゃないし。

いきなり東京まで連れてこられて、一緒《いっしょ》に旅行しましょうねって言われても困るじゃん。紅《くれ》葉《は》さんのこと嫌《きら》いなのはわかってるけど、俺にはアクセのほうが大事なんだよ。

(そりゃ俺だって、何だかんだ楽しんでたけどさ!)

うー、もやもやする……っ!

こういうとき、日葵《ひまり》に相談できれば……いや無理だ。そんなことすれば、榎本《えのもと》さんと一緒《いっしょ》に東京にきているのがバレてしまう。そうすれば地元に帰った後で今より面倒《めんどう》なことになる。なんで東京にきてまで家庭内別居みたいなことになってんだ……。

俺に残された道は二つ。

その1。榎本《えのもと》さんを残して出かける。解決の先延ばしとも言う。悪化の可能性あり。

その2。ここで何としても榎本《えのもと》さんに機嫌《きげん》を直してもらう。極《きわ》めて困難。

この数か月間の俺の経験上、その2を選ばないと後々えらいことになるのは承知済み。変なところばっかり成長してんなあ、俺!

「榎本《えのもと》さん。そろそろ朝食がくるから出てこない?」

『……』

もちろん、返事はない。

このくらいで興味が引けるとは思っていない。俺は精一杯《せいいっぱい》、頭を回転させる。うーん。榎本《えのもと》さんに許してもらって、部屋から出すためには……いや、マジでわからん。日葵《ひまり》だったら、雲雀《ひばり》さんの名前を出せば一発なのに……。

待てよ？

とりあえず話をしてもらわなきゃ始まらない。そして部屋から出すだけなら、許してもらう以外にも方法があるのでは？

天岩戸《あまのいわと》の伝説。

その舞台《ぶたい》とされる地が全国にいくつか存在し、一つがうちの地元にもある。

ざっくり言うと『とある事情で、太陽を司《つかさど》る天照大御神《あまてらすおおみかみ》が岩戸の中に隠《かく》れてしまった。闇《やみ》に覆《おお》われた世界を救うため、八百万《やおよろず》の神々があの手この手で誘い出《さそだ》そうとする』という神話だ。

結果だけ言うと、正攻法《せいこうほう》は通じず、外のみんなで宴会《えんかい》をしたら、その笑い声が気になった天《あま》照大御神《てらすおおみかみ》が出てきたよ、というものだ。

これを現状に当てはめて考えるなら……。

「あ、あー。そうだなー。今日はクリエイターに会ったら、帰りに美味《おい》しいパンケーキでも食べに行こうかなー。東京のお店だし、めっちゃ美味《おい》しいんだろうなー。榎本《えのもと》さんも好きだと思うんだけどなー」

……ちょっと棒読みか？

いや、このくらいは許容範囲内だろう。問題は芝居《しばい》の精度じゃなくて、内容だ。今の俺の言葉を聞いて、きっと榎本《えのもと》さんも口の中がパンケーキな気分になってるはず！

俺がドキドキしていると、目の前のドアが開いた。

「え、榎本《えのもと》さん！　やっぱり出てきてくれた……んん？」

俺が歓喜《かんき》の声を上げた瞬間《しゆんかん》――その向こうから、じとーっとした不機嫌《ふきげん》そうな目が覗《のぞ》いていた。あれ？　なんか想像と違《ちが》うような……。

榎本《えのもと》さんは、据《す》わった目でボソリと告げる。

「ゆーくん。わたしのこと、ただの食《く》いしん坊《ぼう》だと思ってない……？」

「思ってないッス！　スンマセンッした！」

実は思ってました。マジでごめんなさい。

俺がその場で土下座すると、冷たく言い捨てられる。

「やり直し」

「はい……」

再びドアが閉まる。

昨日より広く感じるリビングで、俺はしくしく泣いた。やり直して……。

……てか、何だかんだ出てきたじゃん。きっとご褒美《ほうび》作戦で釣《つ》る方向性は間違《まちが》っていないはずだ。となると、より望ましいご褒美《ほうび》の設定になるわけだけど。

「誰《だれ》か、誰《だれ》かにアドバイスを……」

しかし、この手のアドバイスをしてくれる相手……榎本《えのもと》さんの生態に詳《くわ》しく、一緒《いっしょ》に東京にきていることを日葵《ひまり》に気づかれない人だ。

まさか、そんな都合のいい人材が……いや、いる。確かにいる。

俺の脳内に、扇子《せんす》を持って高笑いするチャラ男が出現した。

しかし、いいのか？　あいつに借りを作ることは、今後の……ええい、その前に連絡《れんらく》方法がないっての。俺は夏休みの間、咲姉《さくねえ》さんにスマホを没収《ぼっしゅう》されている。さすがに真木島《まきしま》の番号まで覚えてない。

うんうん唸《うな》っていると、ふと客室電話機が鳴った。それを取ると、ホテルのフロントが挨拶《あいさつ》をする。

『榎本《えのもと》様から、外線が入っております』

「あ、どうも……」

嫌《いや》な予感がしていると、紅葉《くれは》さんは開口一番に言った。

『おっはよ～☆　慎司《しんじ》くんのスマホ番号なら、わたしが教えてあげよっか～？』

「だから、なんで俺の考えてることわかるんですか⁉」

マジで盗聴器《とうちょう》とか仕掛《しか》けてないよね!?

さすがにわかりやすい性格とかじゃ説明がつかないだろ……と荷物を漁《あさ》っていると、紅葉《くれは》さんは朗《ほが》らかに続けた。

『うふふっ。凛音《りおん》ったら、昔から変わらないんだ～』

「え？　何がですか？」

『何か気に入らないことがあると、そうやって部屋から出てこなくなっちゃうんだ～。ちっちゃい頃《ころ》は、よくお母さんを困らせてたもんだよ～』

「そ、そうなんですか。なんか意外……」

榎本《えのもと》さんって自立してるイメージだから、そういう子どもっぽい逸話《いつわ》は新鮮《しんせん》だ。聞いちゃいけないことを聞いてる気もしたけど、ちょっと楽しくなってきた。

「そういうときって、どうすればいいですか？」

『え～。それ、わたしに聞いちゃう～？』

「反則だってわかってるんですけど。このままだと、マジでこれから別行動になっちゃいそうなんで……」

『しょうがないな～。それじゃあ大事な妹の親友に、秘伝の技《わざ》を教えてあげちゃおっかな～』

秘伝の技《わざ》……。

その厨二《ちゅうに》な響《ひび》きに、思わず俺も前のめりになる。美人なお姉さんからそういう子どもっぽいワードが出てくるの、男子としてロマン感じるよな。

『まずは～、この通話をスピーカーモードにしてみてね～』

「スピーカー？　……はい。しましたよ」

すると紅葉《くれは》さんは、ひときわ大きな声で叫《さけ》んだ。

『凛音《りおん》の中学の頃《ころ》のスリーサイズは～～～っ!!』

「……お姉ぇちゃあああああああん☆」

バタンッ、とベッドルームのドアが開いた！

榎本《えのもと》さんがバタバタと走ってくると、怒涛《どとう》の勢いで客室電話機を叩《たた》いて通話を切る。まさに一瞬《いっしゅん》の出来事だった。

静かになったリビングで、榎本《えのもと》さんがフゥーッフゥーッと息をする。俺のほうを真っ赤な顔でキッと睨《にら》むと、ぐわっと腕《うで》を伸《の》ばす。

（やべ！　アイアンクローくる!?）

とっさに両腕《りょううで》で頭上をガードした。

でも、いつまでも頭が摑《つか》まれない。恐《おそ》る恐《おそ》る目を開けると、がら空きの顔面にソファのクッションがぼふっと叩《たた》きつけられた。

「も～～～～～～～～～～～～っ！」

「うわ、ちょ……ぶへっ!?」

「も〜〜〜、も〜〜〜、も〜〜〜〜〜〜っ‼」

「え、榎本《えのもと》さん⁉　ちょっと待っ……ぶはっ⁉」

べしべしとクッションアタックを食らい、俺は尻《しり》もちをついた。しかし、なおもクッションのふわふわ攻撃《こうげき》は続く！

「わたしのことほったらかして、なんでお姉ちゃんと仲よく話してるの⁉」

「いやいや！　どこが仲よさそうだった⁉」

「仲よさそうだったじゃん！　ゆーくんっていつもそうじゃん！　わたしの番になっても、ずっとひーちゃんとばっかり遊んでるじゃん！」

「榎本《えのもと》さんの番って何⁉」

いつの間に順番性になったの？　そんなルールを教えてもらった覚えないんだけど？

数えきれないほどのクッション攻撃《こうげき》の末、榎本《えのもと》さんは肩《かた》で息をしながら停止した。涙目《なみだめ》になって「うぅ〜っ！」と威嚇《いかく》した後（可愛《かわい》いから逆効果だぞ榎本《えのもと》さん！）、ぷいっとそっぽを向いてしまう。

「ゆーくんなんて嫌《きら》い。どっかいっちゃえ」

「…………」

ええ……。めっちゃリアクション困るー……。

これ榎本《えのもと》さんだよね？　いや、どう見ても榎本《えのもと》さんだし、別人なわけないだろ。でも、こう、なんていうか、これまで見たことないようなムーブが気になって、怒《おこ》られてる事実に集中できない……。

ど、どうすればいい？　この、まるで年の離《はな》れた妹のような言動をする榎本《えのもと》さんを、俺はどう宥《なだ》めればいいんだ。俺自身が末っ子だから、マジでわからん。

とりあえず、俺が視界に入るのがお気に召《め》さないらしい。そうだよな。このホテルだって、榎本《えのもと》さんが紅葉《くれは》さんにお願いしたわけだし。俺が我が物顔で居座《いすわ》るのはよくない。

急いで荷物を整理すると、キャリーケースを引いて振《ふ》り返《かえ》った。

「わ、わかった。ほんとゴメンね」

嗚呼《ああ》、さらばスイートルーム……。

人生、最初で最後となるだろうスイートルーム。あと数日は滞在《たいざい》するからと思って、備品のコーヒーとか全然楽しんでなかった。ピアノとか弾《ひ》けないけど、あの隅《すみ》のグランドピアノ弾《ひ》いてみたかった。

俺の東京旅行はこれまでか。てか、高校生が一人で泊《と》まれるところ見つかるのかな？　マジで野垂れ死にしない……？

そんなモノローグで入口のドアに手を掛《か》けた瞬間《しゅんかん》、背後からいきなりクッションで連打された！

「も〜〜〜〜〜〜っ!!」

「ぎゃあ！　痛い、痛……くはないけど！　榎本《えのもと》さん、マジで何なの⁉」

　ぐいっと引っ張られて、再びリビングに連れ戻《もど》される。ソファに向かい合うと、榎本《えのもと》さんがわっと吠《ほ》える。

「そうじゃないじゃん‼」

「じゃあ何なんだよ⁉」

　つい俺も、ちょっとキレ気味に返してしまった……。

　だって、わけわかんねぇんだもん。口も利《き》いてくれないと思ったら、いきなり出て行けとかそうじゃないとか！　さすがにこれは、日葵《ひまり》のほうがわかりやすいくらいだ。

「榎本《えのもと》さん。何が不満なの？」

　榎本《えのもと》さんはぶっすーっと不貞腐《ふてくさ》れたように、視線を逸《そ》らした。

「……なんでお姉ちゃんのクリエイターに会わなきゃいけないの？」

　やっぱり、それか……。

　わかってたことだけど、ようやく話ができる段階になった。またクッション攻撃《こうげき》を受けることにならないように、慎重《しんちょう》に言葉を選んでいく。

「せっかく東京まできたんだ。こんなチャンスはない」

「そんなことないよ。クリエイターに会うなら、地元に戻《もど》ってもできるじゃん」

「いや、やっぱり東京は違《ちが》うと思う」

まだ東京の生活は、二日しか経験していない。

それでも、確信を持つには十分だ。初日の渋谷《しぶや》。二日目の銀座《ぎんざ》。どちらも、普段《ふだん》の俺の生活にはない刺激《しげき》に溢《あふ》れていた。

あんなに大量のアクセショップが並ぶ場所なんて、うちの地元にはない。

地元と同じ商品を扱《あつか》うはずのフラワーショップが、都会の一等地で利益を上げていける事実に驚《おどろ》いた。

東京というのは、ただ人口が密集しているだけじゃない。

日本のあらゆる流行の最前線。その戦場で生き残るクリエイターたちは、どんな戦略を持っているんだろう。

これは、絶対に地方では手に入らない経験だ。気分屋の紅葉《くれは》さんが、またこんなチャンスをくれるとは限らない。乗るなら、今なんだ。

「俺は、ちょっとでも自分のステップアップになることを試《ため》したい。榎本《えのもと》さんが怒《おこ》るのは無理ないけど……たとえ榎本《えのもと》さんに嫌《きら》われても、俺は自分のやるべきことをやりたい」

「…………」

俺が卑怯《ひきょう》なことを言っているのはわかる。

それでも、ここは引けない。紅葉《くれは》さんの挑発《ちょうはつ》にムカついたってのもあるけど、俺の直感みたいなものが言うんだ。

ここが分岐点《ぶんき》だぞ、と。

一か月前の俺を超《こ》えたいなら、飛び込めって。

俺がじっと見つめていると、榎本《えのもと》さんはぶーっと頬《ほお》を膨《ふく》らませて視線を逸《そ》らす。

「別にクリエイターとして食べていけなくても、うちの洋菓子店《ようがしてん》で働けばいいじゃん……」

「いや、そういう問題じゃ……」

「ゆーくんが他の仕事したくないなら、わたしが働くし」

「何その状況《じようきよう》⁉ 絶対に嫌《いや》だよ！」

それクリエイターじゃなくてヒモじゃん！

雲雀《ひばり》さんもそんな感じあるけど、なんで俺を養いたがるんだよ。そんなに俺って働きたくなさそうに見えるのか……？

「榎本《えのもと》さん、お願い！」

「ツーン」

……今、自分で「ツーン」って言ったな？

いや、そんなことはどうでもいい。せっかくのチャンス、俺だって無駄《むだ》にするわけにはいかない。両手を合わせて、拝《おが》み倒《たお》しの構えを取る。

「何でもするから！」

ぴくっと榎本《えのもと》さんが反応する。

「何でも？」

「し、親友の範囲《はんい》内で……」

日和《ひより》った俺に、じとーっとした視線を向ける。……ダメかなあと思ったとき、榎本《えのもと》さんの目がキランッと光った。

「じゃあ、わたしの頭をなでながら『今日も凛音《りおん》は可愛《かわい》いね』って言って」

「…………」

ぐはあ……っ！

何をやばいことをさらっと要求してくるんですかね。しかもこの人、なぜかどや顔で得意げだし。

「それ、何の影響《えいきょう》……？」

「ゆーくんが寝《ね》た後、深夜ドラマでやってた。こっちチャンネルたくさんあっていいよね」

「畜生《ちくしょう》、地元にはない豊富なラインナップ！」

いかにも日葵《ひまり》のお母さんとか好きそうなベタベタの学園ラブドラマだ。榎本《えのもと》さんがそういうの見るとは意外な……いや、待てよ？

榎本《えのもと》さんがそういうイケメンドラマを見る……かもしれないけど、それほど好んで見るタイプじゃなかったはずだ。

それをこのピンポイントで……ハッ！

「榎本《えのもと》さん。もしかして俺が恥《は》ずかしがってできないことを狙《ねら》って……？」

「……………」

榎本《えのもと》さんは無言で拳《こぶし》を握《にぎ》りしめた。そしてゴオオオッと背中に炎《ほのお》の幻影《げんえい》を立ち昇らせながら、強い決意と共に叫《さけ》んだ。

「ご褒美《ほうび》旅行を守るためなら、わたしは悪魔《あくま》にもなるから！」

「真面目か」

前から言ってるけど、悪いこと考えてるの本人に宣言しちゃうのよくないと思います。

しかし、榎本《えのもと》さんの策略の効果は絶大だ。おかげで俺は、こうも簡単に行動を封《ふう》じられてしまった。いや、気にせず一人で行けよって思わなくもないんだけど、スマホもないのに一人で東京の街とか無理ゲーでは？　嫌《いや》だよ一緒《いっしょ》についてきてよ。

榎本《えのもと》さんはずいっと身体《からだ》を寄せてくる。

「ゆーくん。はよ」

「ぐぬぬ……」

俺はぐっと拳《こぶし》を握《にぎ》った。確かに効果は大きい。

でも、榎本《えのもと》さんにも計算外のことがある。俺はこの数か月の日葵《ひまり》との羞恥心《しゅうちしん》ギリギリの駆《か》け引《ひ》きにより、この手の悪戯《いたずら》にはちょっとだけ耐性《たいせい》がついているのだ。

俺は思い切って榎本《えのもと》さんの頭に手をのせた。なでなでと二往復すると、引きつりそうな口元を抑《おさ》えながら言った。

「り、凛音《りおん》。今日も可愛《かわい》いね」

「…………」

しゃーッ！　ついでに俺史上、最高に恥《は》ずかしいキメ顔もおまけだ！　どうだ榎本《えのもと》さん、これで満足か……あれ？

榎本《えのもと》さんの表情は無であった。完全に感情のない瞳《ひとみ》で、じーっと俺を見つめている。どうしたんだ榎本《えのもと》さん。もしかして体調が悪いんじゃ……とか思って頭をわしわし撫《な》でまわしていると、急に顔を真っ赤にしてクッションを振《ふ》りかぶった！

「も～～～～～～～～～～～～～～～～～～～～～～～～～～っ!!」

「何なの!?　言うとおりやったじゃん!?」

「ゆーくんはそういうチャラいことするタイプじゃないじゃん！　どうして普通《ふつう》にやっちゃうの!?　こういうところでひーちゃんと仲いいの見せつけられるのヤダ!!」

「榎本《えのもと》さんがやれって言ったんでしょ!?」

こうして無事に榎本《えのもと》さんの許可はもらった。

釈然《しゃくぜん》としないけど、とりあえず俺の勝ち!!

午前11時。俺たちは約束場所の渋谷《しぶや》に到着《とうちゃく》した。

クリエイターと会う時間まで、まだ2時間ほど余裕《よゆう》がある。なんでこんなに早くきたのかというと、榎本《えのもと》さんのアドバイスによるものだった。

一昨日と同じ忠犬ハチ公像の前で、榎本《えのもと》さんがフンスと鼻を鳴らした。

「まずは、ゆーくんを武装するところから始めよう」

「どゆこと……？」

俺の困惑《こんわく》をよそに、榎本《えのもと》さんは続ける。

「昨日の説明でわかったでしょ？　これから会うクリエイターは、お姉ちゃんが資金提供してる人たちだよ」

「それは聞いたけど……」

紅葉《くれは》さんが、いずれ自分の事務所を持つときのために集めたクリエイターたち。

それは理解しているけど、何か困ることがあるのだろうか。俺が頭をひねっていると、榎本《えのもと》さんがくわっと目を見開いた。

「お姉ちゃんと一緒《いっしょ》で、すごく性格が悪い人たちかもしれない……いや、そうに決まってるじやん！」

「実の姉への信頼度《しんらいど》が低すぎる……」

でも、それを否定しきれない自分がいるのもまた事実……。

俺が微妙《びみょう》な気分になっていると、榎本《えのもと》さんはメラメラと闘志《とうし》を燃やしていた。

「わたしがゆーくんを守らなきゃ！」

「あの、俺ってそんなに頼《たよ》りないっすかね……」

あ、真顔で頷《うなず》かれた。

くそう。この前までの体《てい》たらくを思い返すと、否定できないのが悔《くや》しい……。

「ということで、ゆーくんが舐《な》められないように服装とかちゃんとしていこう」

「え。この服、ダメ？」

自分の服の裾《すそ》を引っ張って見せた。いつも家で過ごしているパーカー&ジーンズ。……これはダメなやつですね。

いくら地元で服を選ぶ時間がなかったにしても、ちょっと年季が入りすぎている。近所のコンビニに行くのではないのだ。

「でも、そんな付《つ》け焼刃《やきば》で大丈夫《だいじょうぶ》かな……」

「うーん。わたしもよくわかんない。流行《りゅうこう》って、雑誌とかに取り上げられてからじゃ乗るの遅《おそ》いし……」

わかんないなら、いっそこのままでも……いや、でも田舎者《いなかもの》だって思われて、コミュニケーション取れなかったらダメだし。

田舎者《いなかもの》二人でうーんと唸《うな》っていると、ふと向こうの騒《さわ》がしい一団に気づいた。

めっちゃ綺麗《きれい》オーラを放っている美男美女カップルがいたのだ。

金髪《きんぱつ》アイドルみたいな爽《さわ》やかイケメンと、眼鏡のゆったり一つ結びのお姉さん。とにかく圧というか、オーラが半端《はんぱ》ない。俺たちとそう年齢《ねんれい》は変わらなさそうなのに、ある意味で雲雀《ひばり》さんみたいな二人だ。

そのカップルに、男女問わず、若い子たちがアレコレ話しかけている。二人も手慣れた感じで応じているのが、やっぱパンピーじゃなさそうな印象に拍車《はくしゃ》をかけていた。

「芸能人かな。さすが東京……」

俺が感心していると、榎本《えのもと》さんがふんふんと意気込んで答えた。

「二人とも、二年くらい前まで売り出してたアイドルだよ」

「あ、やっぱりそうなんだ？」

「たぶん男の子のほうは『Tokyo ☆ Shinwa』の伊藤《いとう》くん、女の子のほうは『velvet』の早苗《さなえ》ちゃん……だと思う。ちょっと雰囲気《ふんいき》が大人っぽくなってるし」

「元メンバーってことは、今は違《ちが》うの？」

榎本《えのもと》さんは渋《しぶ》い顔で答えた。

「色々あって、どっちもグループ自体なくなっちゃったんだって」

「そりゃまた……」

過酷《かこく》な世界だと聞くけど、実際にそういう顛末《てんまつ》を辿《たど》った二人を見ると侘《わび》しい気分になる。何がきついかって、俺も他人事《ひとごと》じゃないんだよなってことだ……。

「他のメンバーは別の事務所に移籍《いせき》したんだけど、あの二人は事務所に残ってるんだって」

「へえ。榎本《えのもと》さん、詳《くわ》しいね」

何気なく感心しただけなのに、榎本《えのもと》さんの表情はひじょ～に嫌《いや》そうだった。

「……お姉ちゃんと同じ事務所のグループだったの」

「あ、なるほど……」

とんでもない罠《わな》だった。地雷《じらい》なら、そっちから会話を切り出すのやめてほしい……。

でも、元アイドルのカップルが渋谷《しぶや》デートか。田舎《いなか》育ちだからピンとこないけど、都会ではそういうのって気にしないのかな。

俺が余計なお世話なことを考えていると、榎本《えのもと》さんがパーカーの袖《そで》を引いた。見れば、スマホを構えて目をキランッと輝《かがや》かせている。

「ゆーくん。記念に」

「いや、さすがに失礼じゃない……？」

「大丈夫《だいじょうぶ》。ほら、他の女の子も撮《と》ってもらってるし。こんなチャンス、滅多《めった》にないよ」

「それはそうだけど……」

金髪《きんぱつ》の男の子が、ファンらしき女の子と一緒《いっしょ》に写真を撮《と》っている。二年前にグループが消滅《しょうめつ》したのに、すごい人気っぷりだ。まだ芸能界を引退したんじゃないらしいし、ソロで活動してるのかな。

榎本《えのもと》さんが物怖《ものお》じせずに、人だかりに突《つ》っ込《こ》んでいく。最後に名刺《めいし》っぽいものを渡《わた》していた。

「榎本《えのもと》さん。けっこうミーハーだよね……」

「ゆーくんが枯《か》れすぎだと思う。クリエイターなんだから、いろんなものに興味持てたほうがいいと思うけど」

ぐはっ！

どてっ腹を正論で撃《う》ち抜《ぬ》かれる。確かに、俺って感受性が死にすぎだな？

「わ、わかった。頑張《がんば》る……」

そもそも、これから初対面のクリエイターに会う約束だもんな。旅の恥《はじ》は掻《か》き捨て、じゃないけど、これも経験の一つだ。

しかし、この人だかりをどうするべきか。そもそも、俺って知らない人に話しかけるの苦手だし。

とか思っていると、榎本《えのもと》さんがブンブン両手を振《ふ》って叫《さけ》んだ。

「はいはいはい！　こっち写真お願いしまーす!!」

「榎本《えのもと》さんが初日のプロレス観戦レベルで元気だ⁉」

「ゆーくんも一緒《いっしょ》に！　わたしのカレと2ショットお願いしまーす‼」

「何で俺とだよ⁉　あと、しれっとカレシにすんなし⁉」

しかし榎本《えのもと》さんの捨て身の作戦が功を奏し、金髪《きんぱつ》の美青年と目が合った。

途端《とたん》、その目を見開く。それまで相手していた女の子に謝ると、こっちに向かってくる。

（え？　ほんとに俺……？）

動揺《どうよう》した瞬間《しゅんかん》──俺の脇《わき》を通《とお》り抜《ぬ》けた。

あれっと思っていると、金髪《きんぱつ》くんは榎本《えのもと》さんの前に立った。身を屈《かが》めると、いきなり榎本《えのもと》さんの手《て》の甲《こう》に口づけをする。

「きみ、すごく綺麗《きれい》な手だね」

周囲がざわついた。

何とも言えない緊張《きんちょう》感が漂《ただよ》っている。そりゃそうだ。いきなり芸能人の男の子が、ファンの女の子を口説き始めたのだ。

いったい、どうなってしまうのか。まさか、このまま榎本《えのもと》さんが芸能プロダクションにスカウトを……って何でだよ。この前からの紅葉《くれは》さんとのトラブルで、完全に思考パターンが染められている。

とか思っていると、榎本《えのもと》さんはその手を無情にも「ぺいっ」と弾《はじ》いた。そして両手を組むと、殺気を放ちながら指をポキポキ鳴らす。

なぜか背中から、メラメラと暗黒の怒気《どき》が昇《のぼ》っていた。

「ゆーくん。後楽園ホールで見たバックブリーカー……もう一回、見たいよね？」

「ええ!?　ファンじゃなかったの!?」

「推《お》しは実生活に関わらないからこその希望！」

「ははーん!?　榎本《えのもと》さん、さては矜持《きょうじ》が面倒《めんどう》なタイプのオタクだな!?」

俺の制止を振《ふ》り切《き》ると、榎本《えのもと》さんは完全に殺す構えで襲《おそ》い掛《か》かる。今のキスがよほど腹に据《す》えかねたらしい。自分から写真撮《と》りに行きたいとか言ったくせに……。

「ナンパ野郎《やろう》、死すべし！」

「うわあっ!?」

金髪《きんぱつ》の美青年が尻《しり》もちをついた。しっかりセットされた頭を無造作に引《ひ》っ掴《つか》まれたとき、ほんのちょっと恍惚《こうこつ》の表情になって「あァんっ♡」と悶《もだ》える（なぜ？）。

しかし束《つか》の間《ま》、黄金のアイアンクローに締《し》め上《あ》げられて悲鳴を上げた。

「わああっ!?　痛い、痛い!?　ご、誤解なんだ！　きみの手に、ボクのアクセが似合いそうだと言いたかっただけで……」

榎本《えのもと》さんが怪訝《けげん》そうに眉間《みけん》にしわを寄せる。

「……手？」

「そ、そうなんだ。ボクのアクセには、きみのような綺麗《きれい》な手の持ち主がよく似合う」

ささっと帽子を被ると、ポケットから名刺入れ《めいし》を取り出した。

「ボクは『オリジン・プロダクション』でデザイナーの修行《しゅぎょう》をしている者なんだ。こちらの名刺《めいし》をどうぞ」

そう言って、俺と榎本《えのもと》さんに名刺《めいし》を渡《わた》してくる。髑髏《どくろ》っぽいデザインが施《ほどこ》してある、アバンギャルドな名刺《めいし》だ。

確かに芸能事務所のロゴと一緒《いっしょ》に『デザイナー見習い』と表記されていた。俺と榎本《えのもと》さんは顔を見合わせる。

「……デザイナーの修行《しゅぎょう》？」

金髪《きんぱつ》の美青年は、さすが元アイドルという感じの超絶爽《ちょうぜつさわ》やかオーラ満載《まんさい》の笑顔《えがお》で言った。

「数年前まで、そこでアイドルをやってたんだけど。今はデザイナーとして、ある人の下でアクセサリーを勉強しているんだ」

「アクセ……？」

俺と榎本《えのもと》さんの頭の中で、何かがつながった。

「それじゃあ、もしかしてあなたが紅葉《くれは》さんの……？」

「……っ!?」

金髪《きんぱつ》の美青年の顔がパッと華《はな》やいだ。いきなり俺の肩《かた》を摑《つか》むと、めっちゃ嬉《うれ》しそうにガックンガックン揺《ゆ》すってくる。

「そうか！　きみが夏目《なつめ》くんか⁉」

「そ、そうです。夏目《なつめ》です……」

「いやあ、思ったより背が高いね！　ボクはそんなに高くないから、すごく羨《うらや》ましいな！」

「ど、どうもありがとうございます……（？）」

よくわかんないけど、とりあえず歓迎《かんげい》されているらしい。俺も相手が怖《こわ》そうな人じゃなくて安心した。いや、別の意味で怖《こわ》いけど……。

すると美青年の背後から、もう一人が顔を出した。さっき彼の隣《となり》に立っていた、眼鏡の大人っぽい女性だ。彼女は俺と目が合うと、ニコッと完璧《かんぺき》なスマイルを向けた。

「初めまして、同じくオリプロの早苗《さなえ》です。ここでは何だから、場所を変えませんか？　美味《おい》しいお店、予約してますよ」

「あ、はい……」

めっちゃ大人っぽくて優《やさ》しそうな印象だ。思わずドキッとしてしまった。

「……………☼」

「痛いっ⁉」

榎本《えのもと》さんに、こっそり尻《しり》をつままれた。なんでだし。

♣♣♣

案内されたのは、渋谷駅《しぶやえき》からほど近い路地にあるお洒落《しゃれ》なバー&カフェだった。昼は喫茶店《きっさてん》で、夜はお酒を出すらしい。

大人っぽいお店に緊張《きんちょう》しながら、俺は正面に座る彼に聞いた。

「というか、どうして二時間も前に……？」

「え？　ああ、それは紅葉《くれは》さんに『ゆ〜ちゃんたちのことだから、どうせ余計なことしようと早めにくるから捕《つか》まえてね〜☆』って言われてさ。本当にくるとは思わなかったけど」

「あ、そうなんですか……」

何なの？　紅葉《くれは》さんの声真似《まね》するの東京で流行《はや》ってるの？　てか、もうマジで紅葉《くれは》さんが何を言おうと驚《おどろ》かねえぞ……。

俺がげんなりしていると、金髪《きんぱつ》の美青年が改めて自己紹介《しょうかい》する。

「ボクは伊藤天馬《いとうぺがさす》。きみより一つ上の高校三年。よろしくね」

「あ、俺は夏目悠宇《なつめゆう》です……ペガサス？」

アイドル時代の芸名かなって思ったら、伊藤《いとう》さんは苦笑《くしょう》しながら首を振《ふ》った。

「それが本名なんだ。すごい名前だよね」

めっちゃ他人事《ひとごと》っぽく笑うなあ。

彼の隣《となり》で、眼鏡のお姉さんが補足してくれる。

「この子の所属していた『Tokyo ☆ Shinwa』は、いわゆるキラキラネームの美少年たちで結成されたグループだったんです」

「他には天使《えんじぇる》とか昇竜《どらごん》とか、神話生物っぽい名前の子たちがいたんだ。みんな自分の名前が好きだったんだけど、そういう部分は理解されずに批判のほうが目立っちゃってね。……あ。ボクを呼ぶときは、ペガサスでも天馬《てんま》でも好きなほうで呼んでほしい」

「じゃ、じゃあ、ペガサスさんは慣れないので、天馬《てんま》さんでもいいですか？」

「もちろん。早苗《さなえ》さんやファンの子たちもそう呼ぶから問題ないよ」

眼鏡のお姉さんが、ガラスのピッチャーから赤いジュースを注いでくれる。サングリアジュースっていう、カラフルなフルーツが浮《う》かべてあるお洒落《しゃれ》ドリンクだった。自然な甘さって感じですごく美味《おい》しい。

その眼鏡のお姉さんも、俺たちに名刺《めいし》を差し出した。天馬《てんま》くんと同じような文言だけど、こっちはネイティブアメリカン風のデザインだ。

「私は早苗美湖《さなえみこ》です。元々『velvet』っていうダンスユニットに所属していたんですけど、今では彼と同じように紅葉《くれは》さんの下でアクセ制作を学んでいます。大学二年生なので、きみたちより三つ上ですね」

「よろしくお願いします……」

大学生のお姉さん……そのキラーワードに、ついドキドキしてしまう。俺の隣《となり》の榎本《えのもと》さんの視線がじとーっとしているので、絶対に顔には出さないようにするけどな！

俺の苦手なタイプの美人なのに、不思議と怖《こわ》い感じがしない。すごく柔《やわ》らかい雰囲気《ふんいき》があって、話していると落ち着く感じ。

……と、なぜか天馬《てんま》くんと早苗《さなえ》さんが含《ふく》みのある感じで俺を見ている。なんかニヤニヤというか、珍獣《ちんじゅう》を見るような表情だ。

ハッ！　まさか、これは榎本《えのもと》さんが危惧《きぐ》してたやつでは？

「あの、やっぱり初対面でくたびれたパーカーはダメですよね……」

「あっ！　いや、夏目《なつめ》くん違《ちが》うんだよ。そういう意味じゃないんだ」

二人が慌《あわ》てて否定した。

「え？　じゃあ、なんですか……？」

すると二人は顔を見合わせて笑った。

「あの怖《こわ》い紅葉《くれは》さんに喧嘩《けんか》を売った男の子っていうから、もっと荒《あら》っぽい人だと思ってたんだよ。九州の人だし。でも、実際は誠実そうで安心したな」

「今日もいきなりアクセ勝負を吹《ふ》っ掛《か》けられたらどうしようかと思ってました。九州の方ですし。でも、知的な方のようでよかったです」

九州男子に対する偏見《へんけん》がキツすぎる……っ！

（まあ、俺もいい人たちそうで安心したけど……）

二人は好意的な様子で、俺たちに話しかけてくれる。ここにくるまで緊張《きんちょう》してたのが馬鹿みたいだ。

……問題は、隣《となり》の榎本《えのもと》さん。

さっきから警戒心《けいかいしん》マックスで、二人にじとーっと威嚇《いかく》の視線を送っている。何をそんなに怒《おこ》っているのか……あれ？　榎本《えのもと》さんって普段《ふだん》からこんな感じだっけ？　東京にきて榎本《えのもと》さんの印象コロコロ変わるから、もうよくわかんねえな……。

俺はこっそり、榎本《えのもと》さんに耳打ちする。

「榎本《えのもと》さん。そんなに警戒《けいかい》しなくても……」

しかし榎本《えのもと》さんの態度は冷たい。

「いきなり異性にキスしようとするとかあり得ない」

いや、榎本《えのもと》さん言えないよね？

この前から、親友キスとか夏の思い出とか言って迫《せま》ってきてるよね？

「とにかく、ゆーくんはもっと警戒《けいかい》しなきゃ。いつ罠《わな》にハメられるかわかんないんだし」

「罠《わな》て……」

榎本《えのもと》さん、絶対に紅葉《くれは》さんへの対抗心《たいこうしん》が邪魔《じゃま》してるだけだと思うんだけどなあ。

俺が微妙《びみょう》に納得《なっとく》いかない気分でいると、天馬《てんま》くんが人好きのする笑顔《えがお》で俺の手を取る。俺がびっくりするのも構わず、手のひらで俺の手《て》の甲《こう》を撫《な》でまわした。

「さすが紅葉《くれは》さんの紹介《しょうかい》するクリエイターだ。フフッ。いい手をしているね……？」

「あの、ちょっと？　天馬《てんま》さん……？」

「天馬《てんま》さん、だなんて他人行儀《たにんぎょうぎ》だな。気にせず同級生のようにしてほしい。フフ……」

「は、はあ……。それなら、天馬《てんま》くんで……」

スリスリスリ……。

言ってる間にも、手《て》の甲《こう》から手のひらを撫《な》で回《まわ》される。指の隙間《すきま》に、彼自身の指を滑《すべ》り込ませる。優《やさ》しく、それでいて執拗《しつよう》になでる。明らかに男同士のコミュニケーションを逸脱《いつだつ》……してるのかは雲雀《ひばり》さんのせいでわかんねえな⁉

とにかく、天馬《てんま》くんの目は完全にイっている。俺が完全に固まっていると――いきなり手《て》の甲《こう》にキスをしてきた！

「きみは素晴《すば》らしいね。指は長く、たくましい。男らしく厚みもあるが、肌《はだ》はすべすべだ。まさか、きみのような逸材《いつざい》に出会えるなんて……」

あ、わかった！　この人、さては俺の手に話しかけてんな⁉

謎《なぞ》の「フフフフフ……」という笑い声を漏《も》らす天馬《てんま》くんの頭を、早苗《さなえ》さんが小突《こづ》いた。それから申し訳なさそうに引きはがす。天馬《てんま》くんは「あぁ～」と名残惜《なごりお》しそうに離《はな》れていった。

「ごめんなさい。この子、重度のお手々フェチなんです」

「お手々フェチ……」

どっかで聞いた響《ひび》きだなあ。

俺と榎本《えのもと》さんが訝《いぶか》しんでいると、天馬《てんま》くんはフッと爽《さわ》やかに微笑《ほほえ》んだ。

「きみたちは、自分の手の〝声〟を聞いたことはある？」

「どゆこと……？」

「そのままの意味だよ。大事にされている手は、すごく綺麗《きれい》な歌を奏《かな》でるんだ。きみたちの手からは、きみたちの愛を感じるよ」

『……………』

榎本《えのもと》さんが、俺の袖《そで》を引く。その表情からは、ありありと「帰ろ？　ねえ帰ろ？」という意思が見える。

それを受けて、俺はフッと微笑《ほほえ》んだ。

そして榎本《えのもと》さんじゃなくて、天馬《てんま》くんの手をガシッと握《にぎ》る。

「わかる。俺も大事に育てられた花には意思を感じる」

「っ!?　そうか、きみも！」

「俺もときどき、つい語りかけちゃうんだ。だって、あいつらが話しかけてくれているのに無視するわけにはいかない」

「そうだよね！　ボクもそう思うんだ！　だってボクたちは、唯一無二《ゆいいつむに》のパートナーなんだから！」

俺と天馬《てんま》くんは、まるで十年来の友人のように固い握手《あくしゆ》を交《か》わした。

「紅葉《くれは》さんの言った通りだ！　夏目《なつめ》くん、きみはいい変態だね！」

「俺も天馬《てんま》くんが元アイドルだって聞いたときはビビってたんだけど……本当に会えてよかった！」

榎本《えのもと》さんがドン引きしてたけど、構っていられなかった。

俺はこの喜びを噛《か》みしめたい。地元から遠く離《はな》れた……こんな場所で、俺と同じ気持ちを持っている人と出会えるなんて奇跡《きせき》だ。

俺たちの視線は、自然と早苗《さなえ》さんに向く。

彼女は「やれやれ、若い男の子たちは……」って感じで、もったいぶってバッグからジュエリーポーチを取り出した。それにはアクセ制作に使うのであろう色とりどりの天然石が並べられていた。

「私、アクセに使う石を一か月間は持ち歩くんです。ううん。持ち歩くって言い方はよくないですね。一緒《いつしよ》に生活して、私とのシンクロを高めるんです。そうすると石の声が聞こえるようになるし、クライアントに売れた後も幸せになってくれる気がして……」

『――わかる!!』

俺と天馬《てんま》くんが同時に叫《さけ》んだ。

なんてアクセに対して誠実な女性なんだろう。俺もやれればいいけど、さすがに花を持ち歩くと枯《か》れちゃうからな……。

「ねえ、ゆーくん」

「あ、榎本《えのもと》さん。ごめんね」

完全に置いてけぼりの榎本《えのもと》さんが、躊躇《ためら》いがちに言う。

「気が合うのはわかったんだし、連絡先《れんらく》でも交換《こうかん》して帰ろ……」

すると天馬《てんま》くんが、早苗《さなえ》さんに言った。

「そうだ、早苗《さなえ》さん。夏目《なつめ》くんもアレに参加してもらえないかな？」

榎本《えのもと》さんが何か言いかけたけど、俺はついそっちに気を取られてしまった。天馬《てんま》くんの言葉に、早苗《さなえ》さんもうなずいている。

「そのアレって何ですか？」

俺が聞くと、早苗《さなえ》さんが答えてくれた。

「次の土日、私たちのアクセの個展と販売会《はんばいかい》をするんです。私たちも夏目《なつめ》くんのアクセを見てみたいし、よかったら一緒《いっしょ》に参加しませんか？」

「いいんですか⁉」

身を乗り出すように聞き返すと、二人とも快くオーケーしてくれた。

「あ、でもちょっと待って。俺、販売《はんばい》用のアクセとか持ってきてないし……」

「もし可能なら、地元から送ってもらえないかな？　紅葉《くれは》さんから、地元に仕事の相棒がいるって聞いているけど」

なるほど、その手があった。

夏の花のアクセは、すでに完成して出荷《しゅっか》できる状態にしてある。日葵《ひまり》に電話して、すぐに送ってもらえばいい。

（土日か。今日が水曜だから、ギリ間に合うかどうか……）

俺が日程を計算していると、榎本《えのもと》さんが俺をじーっと見ているのに気づいた。やばい。そういえば、榎本《えのもと》さんをほったらかしだった。

「え、榎本《えのもと》さ……」

「……ツーン」

あ、また「ツーン」って言った！

天馬《てんま》くんたちに怪《あや》しまれないように、こっそりと耳打ちする。

「あの、個展……」

「絶対ダメ」

「そこを何とか……」

「会うだけって約束したじゃん」

「そうだけど、せっかく誘《さそ》ってくれたんだし……」

「わたしには関係ないもん」

「あ、明日は榎本《えのもと》さんの日だから！」

「それは最初から約束してたもん」

さりげなく顔を合わせようとしても、ぷいっぷいっとキレキレで避《さ》けられる。

(いや、焦《あせ》るな。明日、全力で説得する……っ！)

♣♣♣

とりあえず俺だけカフェから出て、道端《みちばた》で電話を掛《か》ける。

榎本《えのもと》さんがスマホ貸してくれなくて困っていると、天馬《てんま》くんがスマホを貸してくれた。すごく優《やさ》しい。

日葵《ひまり》は榎本《えのもと》さんのお家《うち》の洋菓子店《ようがしてん》でアルバイトをしているはずなので、そっちの固定電話にかける。すぐに店番の日葵《ひまり》が電話にでた。

『お電話ありがとうございまーす！　こちら、お菓子《かし》の家・ケットシーです♡』

「あ、日葵《ひまり》？　俺だけど……」

――ブツン、と通話が切れた。

あれって思って、リダイヤルする。もしかして検索、間違《まちが》え……いや、でも榎本《えのもと》さん家の洋《よう》菓子店《がしてん》の名前だったよな？

すぐに日葵《ひまり》が電話に出た。

『お電話ありがとうございまーす！　こちら、お菓子《かし》の家・ケットシーです♡』

あまりにさっきと同じで、録音した音声なのではという気分になる。俺は嫌《いや》な予感を覚えながら、さっきとは違《ちが》う切り口で意思疎通《そつう》を図《はか》ってみた。

「あの、夏目悠宇《なつめゆう》といいますけど、そちらでアルバイトしてる日葵《ひまり》さんは……」

『存じません』

「え？」

『夏目悠宇《なつめゆう》などという男、まったく存じません』

「あの、日葵《ひまり》……？」

電話口で、すぅーっと深呼吸する音。

そして冷酷《れいこく》な声音《こわね》で死の宣告があった。

『カノジョに嘘《うそ》ついて他の女と東京旅行に洒落込《しゃれこ》むような浮気男《うわきおとこ》、アタシの知ってる悠宇《ゆう》ではありません。偽物《にせもの》は死ね』

──ガッチャン、と受話器が叩《たた》きつけられる。思わずスマホを見つめて声を上げてしまった。

「ええええっ……」

ちょっと待て。榎本《えのもと》さんと東京にきてるの、完全にバレてるんだが？　おい真木島《まきしま》、どうなってるんだよ？

慌《あわ》てて三回目のトライ。

『お電話ありがとうございまーす！　こちら、お菓子《かし》の家・ケットシーです♡』

……それでも電話に出るあたり、うちのカノジョがしっかり看板娘《かんばんむすめ》してて誇《ほこ》らしい。

「あ、あの、日葵《ひまり》さん。これには深いわけが……」

『いいよ。アタシは懐《ふところ》の深い女だから聞いてあげる』

よく言う。

「ほら、この前の紅葉《くれは》さんとの一件とか、榎本《えのもと》さんにはお世話になりっぱなしだろ？」

『それは真木島《まきしま》くんから聞いた』

「じゃあ、わかるじゃん。俺と一緒《いっしょ》に旅行したいって言うし、それが少しでも榎本《えのもと》さんへの恩返しになるっていうなら……」

日葵《ひまり》がフッと微笑《ほほえ》んだ気配。

そして絶叫《ぜっきょう》した。

『わかるかあ――――――――――――っ!!』

デスヨネー。

『悠宇《ゆう》！　自分が何か変なこと言ってるなーって思わない？　カノジョいる男が他の女の子と

旅行とか普通《ふつう》はダメでしょ⁉』

まったくもって正論すぎてマジで反論の余地がない。

そうだよな。なんか榎本《えのもと》さんたちのペースに巻き込まれて感覚ズレてたけど、本来はそういうリアクションになるはずだもんな。……でも、それを諭《さと》されるのが日葵《ひまり》っていうのがちょっと納得《なっとく》できないけど。

「日葵《ひまり》が思ってるようなことは何もない！　ただ一緒《いっしょ》に遊んでるだけだって！」

『ほんとに？　一緒《いっしょ》にご飯食べたりしてるだけ？』

「そうだよ。俺を信じろって」

『一緒《いっしょ》に観光名所を見てるだけ？』

「そうそう。一緒《いっしょ》に高層ビルの展望台で、写真撮《と》ったりしただけ」

『事あるごとにキスとか迫《せま》られてない？』

「そ、そそ、そんなの当然じゃん」

『……今、返事おかしくなかった？』

「き、気のせいだってマジで⁉」

迫《せま》られてました。

でもこれだけは言えねえ。絶対に墓まで持っていく！

「マジで何もない！　俺が好きなのは世界で日葵《ひまり》だけ！」

『うっ……』

日葵《ひまり》がドキッとすると、もにょもにょと勢いが萎《しぼ》んでいく。それからめっちゃ早口で、お経《きょう》みたいに言葉を並べていく。

『ま、まあ？　悠宇《ゆう》ってばアタシのこと大好きすぎだって知ってますし？　それにほら、悠宇《ゆう》がそういう度胸ないのも身をもって実証済みですし？　アタシみたいな可愛《かわい》すぎる生命体と二年も一緒《いっしょ》にいてほんと親友だけで何もなかった時点でお察しですし？　世界で最も嫁力《よめりょく》の高い日葵《ひまり》ちゃんとしては、ここはどーんと構えるべきだよね⁉』

お、おう。よくわかんないけど、日葵《ひまり》の機嫌《きげん》が直ってよかった。

……しかし、うちのカノジョがチョロすぎる。よくもまあ、これで二年以上も「恋愛《れんあい》なんて一生しないワ」とか澄《す》まし顔で言ってたもんだよ。そんな日葵《ひまり》のギャップも世界で俺だけのものだって思うと愛《いと》しさがビッグバン起こしそうだよマイハニー。

日葵《ひまり》は最高に可愛《かわい》いスマイルがありありと浮《う》かぶような優《やさ》しい声音《こわね》で言った。

『アハハ。アタシ取り乱しちゃって恥《は》ずかしいなー。いくらなんでもホテルも同室ってわけじゃないだろうしさー』

「…………」

『あれ？　悠宇《ゆう》？』

「そ、そそ、そうだよ！　そんなの当たり前じゃーん⁉」

あっぶねえ……!?

油断したところにクリティカルな言葉飛んできて、一瞬《いっしゅん》フリーズしてた！　とっさに誤魔化《ごまか》しちゃって、罪悪感で死にそう……っ！

俺が心臓バクバク状態でいると、日葵《ひまり》が続けた。

『それで？　何か用事あったんじゃないの？』

「あ、そうだ。実は日葵《ひまり》に急ぎのお願いがあって――」

さっき天馬《てんま》くんたちに誘《さそ》われた個展のことを説明する。それに俺のアクセも一緒《いっしょ》に並べてくれることも。

すると日葵《ひまり》が、めっちゃ興奮した感じで叫《さけ》んだ。

『すっごいじゃん！　悠宇《ゆう》、一人で初対面の人たちと仲よくなっちゃったの⁉』

「そっちかよ⁉　いや、それは天馬《てんま》くんたちがいい人たちでさ。同じクリエイターのシンパシーみたいなのもあったから」

日葵《ひまり》や榎本《えのもと》さん、それに雲雀《ひばり》さんたちだって理解を示してくれる。

でも、それはあくまで『応援《おうえん》してくれる』って意味だ。もちろんありがたいんだけど、なんていうか、同じ経験を持っている相手っていうのは初めて出会った。こんな遠い場所で、俺や天馬《てんま》くんたちは確かにつながっている。

それが嬉《うれ》しくて、俺が舞《ま》い上《あ》がってるのが通話越《ご》しにわかるんだろう。日葵《ひまり》も楽しそうに声を張り上げる。

『よーし、悠宇《ゆう》！　販売《はんばい》もするなら、バシバシ倒《たお》しちゃいなよーっ！』

「倒《たお》すて……」

『いやいや。やっぱ競《きそ》ってこそ心の友じゃーん。アタシも燃えてきたなー。悠宇《ゆう》のアクセの素《す》晴《ば》らしさに、腰抜《こしぬ》かしちゃうかもなー』

「どんだけだし……」

俺は苦笑《くしょう》しながらも、その言葉は理解できる。どうせなら、天馬《てんま》くんたちも俺のアクセを気に入ってくれるといいな。

と、電話越《ご》しに聞き覚えのあるベルが鳴った。洋菓子店《ようがしてん》の来客を示すやつだ。

『いけない、お客さん！　この後、アクセすぐに送っとくね！　場所は……』

「あ、それなら俺が泊《と》まってるホテルに送ってほしい。受け取りはフロントにお願いしとくから」

『わかった！　バイト終わったら、すぐ学校に取りに行くね！』

ホテル名を伝えると、日葵《ひまり》がそれをメモした。

『悠宇《ゆう》、頑張《がんば》ってね！　ちゅっ♡』

最後に通話越《ご》しの投げキスで終了《しゅうりょう》。

そのサプライズに、俺はついその場で顔を覆《おお》ってうずくまる。……直線距離《きょり》800キロメートルをものともしない俺のカノジョの可愛《かわ》いさで心臓止まりそう。

（無敵かよ〜……）

……ようやく落ち着くと、慌《あわ》ててカフェの中に戻《もど》った。

「スマホありがとう。アクセ送ってもらえることに……なった……」

天馬《てんま》くんたちのテーブルに戻《もど》って、俺は言葉を失った。

なんか榎本《えのもと》さんがキシャ――――ッ……と天馬《てんま》くんたちに威嚇《いかく》しているのだ。そのオーラたるや、縄張りにやってきた敵に尻尾《しっぽ》を膨《ふく》らませる猫《ねこ》の如《ごと》し！

すごく微妙《びみょう》な笑顔《えがお》で戸惑《とまど》っている天馬《てんま》くんたちに、俺はスマホを返した。

「榎本《えのもと》さん、何かした？　どうしたの？」

「あ、いやあ。何かされたわけじゃないんだけど、夏目《なつめ》くんが出ていった後に話してたら、機《き》嫌《げん》を損《そこ》ねちゃったらしくて……」

ええ……。

俺が見ると、榎本《えのもと》さんはぷいっとそっぽを向いた。まるで「わたし悪くないもん」って開き直る小学生のようだ。可愛《かわい》いのは認めるけど、高校生としてはどうかと思うぞ榎本《えのもと》さん！

早苗《さなえ》さんが戸惑《とまど》いながら説明する。

「紅葉《くれは》さんの妹さんって聞きまして、それなら個展の後、一緒《いっしょ》に紅葉《くれは》さんも交えて食事をとお誘《さそ》いしたんですけど……」

「ああー……」

　察した。

　たぶん、知らないうちに榎本《えのもと》さんの地雷踏《じらいふ》んだんだろう。俺でも、榎本《えのもと》さんと紅葉《くれは》さんの確《かく》執《しつ》は理解してるわけじゃないし。

「ごめん。榎本《えのもと》さん、紅葉《くれは》さんとはあまり仲がよくなくて……」

「そ、そうみたいだね。ボクたちも悪かったよ」

　天馬《てんま》くんたちが慌《あわ》てていると、榎本《えのもと》さんが立ち上がった。俺の腕《うで》を掴《つか》むと、ぐいーっと引っ張っていこうとする。

「ゆーくん。帰ろ」

「え？　あ、ちょっと榎本《えのもと》さん⁉」

「もう用事済んだじゃん」

「いや、でも……」

　もうちょっと、天馬《てんま》くんたちと話してたい。

　俺はそう思って……って、ぎゃああっ！　問答無用で引っ張られる⁉　榎本《えのもと》さん、今日は容《よう》赦《しゃ》なさすぎじゃない⁉

「ゆーくんは個展なんて行かないので」

　そう言い捨てると、さっさと店を出て行こうとする。すると天馬《てんま》くんが、慌《あわ》てて俺に名刺《めいし》を見せた。

「夏目《なつめ》くん！　明後日《あさって》、個展の設営するから。これに載せてる番号に電話して！」

「あ、ありがとう！」

そう約束をして、俺は榎本《えのもと》さんと一緒《いっしょ》にカフェを出るのだった。

♡♡♡

ホテルに帰る前に、ゆーくんと一緒《いっしょ》にスーパーに寄った。

海外の輸入食品を中心に扱《あつか》う、お洒落《しゃれ》スーパーマーケット。地元にはない雰囲気《ふんいき》に、ちょっと楽しくなってしまう。

ゆーくんが食品カートを押しながら隣《となり》をついてくる。

「ゆーくん。夕飯、何食べたい？」

「今日はどっか食べに行かないの？」

「ホテルにキッチンあったから、わたし作る」

「マジで？　めっちゃ楽しみ」

ゆーくんが笑いながらオーケーした。東京にきて、ずっと外食だったし。贅沢《ぜいたく》に慣れちゃうのよくないよね。

「うーん。榎本《えのもと》さんの作るやつだったら、何でもいいけど」

「じゃあ……」

乾麺《かんめん》の棚《たな》で、海外のパスタを見つける。

フリッジっていう名前の、ショートパスタ。ドリルみたいにねじれてるやつ。ソースが絡《から》みやすくて美味《おい》しいって聞いたことある。わたしが「どう?」って感じで指さしてみると、ゆーくんはうなずいてカゴに入れた。なんか新婚《しんこん》さんみたい。えへへ……。

輸入品のトマト缶《かん》と、生鮮《せいせん》野菜を揃《そろ》える。あとは挽肉《ひきにく》とか、香味《こうみ》料《りょう》を少々。今夜は夏野菜のトマトソースパスタです。

「あの、榎本《えのもと》さん。個展のことだけど……」

「ダメ」

ゆーくんが「ううっ」と悲しそうな顔になった。ちょっとグサッとくるけど、ここは耐《た》える。わたしだって、何でも言うこと聞いてあげるわけじゃないもん。

会計に向かう途中《とちゅう》で、お菓子《かし》コーナーの前を通った。カラフルな棚《たな》に目を奪《うば》われて、二人して立《た》ち尽《つ》くす。

海外輸入のスナックにクッキー、チョコレートがずらっと並んでいる。いかにもカロリー高そうで、すごく美味《おい》しそう。

……ハッ⁉

　ゆーくんがすごく自然な仕草で、海外のポテチをカゴに入れようとした。わたしは必死にそれを止める。

「ダメ。ダメだよ、ゆーくん」

「でも、地元じゃ食べられないし……」

「昨日からスイーツ食べまくってるじゃん」

　うっとゆーくんがためらう。ちょっとだけわき腹をつまんだ。そんなすぐ影響《えいきょう》が出るとは思えないけど、さすがに昨日のスイーツ行脚《あんぎゃ》は不安らしい。

　それでも諦《あきら》めきれずに、わたしに懇願《こんがん》するような視線を向ける。

「でもせっかくの旅行だし、こういう機会ないじゃん……？」

「食べたければ通販《つうはん》とかあるよ」

「そりゃそうだけど……」

　ちょっと不服そうな顔のゆーくんも可愛《かわい》……じゃなかった。ああ、キャラメルが輝《かがや》くフロランタンに引き寄せられてる⁉

「ゆーくん！　アクセクリエイターがおデブでいいと思うの⁉」

「ううっ……」

　ちょっと卑怯《ひきょう》だけど、ゆーくんの弱点を突《つ》く。クリエイターはお洒落《しゃれ》であるべきっていうのは、ひーちゃんの教えだもん。

さすがに効果てきめんで、一発でゆーくんは諦《あきら》めたみたい。

「……わかった。我慢《がまん》する」

「うん。ゆーくん偉《えら》い」

それからレジに向かった。

ゆーくんは、わたしと目を合わせないようにしていた。そんなにショックだったのかな。そんなに言うなら一袋《ひとふくろ》くらい……ううん、ダメダメ。東京にきてから外食ばっかりだし、食生活のバランス取っていかないと。

（なんて言っても、わたしはゆーくんの一番の親友……っ！）

うおおって一人で燃えながら、レジに到着《とうちゃく》する。

すると、ゆーくんが財布《さいふ》を取り出して言った。

「俺が会計するよ。榎本《えのもと》さん、先に外で待ってて」

「え、でも……」

「ご飯作ってもらうんだし、支払《しはら》いは俺がするのが当然でしょ」

「じゃあ、わかった」

ゆーくん、優《やさ》しい……。

それに今の、なんか対等《たいとう》の関係っぽくていい。よーし、ゆーくんのために美味《おい》しい晩御飯《ばんごはん》を作るぞー。

でも、ゆーくんに背中を向けた瞬間《しゅんかん》──わたしは気づいた。ゆーくんの頬《ほお》が緩《ゆる》んで、一瞬《いっしゅん》、小さくガッツポーズしたことに……。

「…………」

レジをぐるっと一周して、ゆーくんの後ろからこっそりカゴの中を覗《のぞ》いた。

さっき棚《たな》に戻《もど》したはずのポテチがあった。

それをひょいと拾い上げると、ゆーくんが「あっ⁉」とわたしに気づく。わたしはポテチを突《つ》き出《だ》しながら、うふふと笑いかけた。

「ゆぅ〜くぅん？　これは何だろうねぇ〜？」

「え、榎本《えのもと》さん⁉　なんで……」

「妙《みょう》に嬉《うれ》しそうな顔してたから、何かあるなって思った」

「俺の表情筋が素直《すなお》すぎる……っ！」

わたしはため息をついて、ポテチを棚《たな》に戻《もど》しに行く。ゆーくんが「あわわわ」と追いすがってくる。

「一袋《ひとふくろ》くらい、いいだろ！」

「ダメだよ。わたしのご飯、食べられなくなるじゃん」

「そっちも残さず食べるから！」

「絶対にダメ。ゆーくんを預かってる以上、健康を守る責任があるし」

せっかくゆーくんにご飯作るのに、ポテチに負けるのやだもん。わたしは心を鬼《おに》にして、ゆーくんの野望を妨《さまた》げるから。

ゆーくんは「ぐぬぬ」とポテチに未練たらたらの視線を送っていた。でも無駄《むだ》だと悟《さと》ると、ぶすーっとした顔で視線を逸《そ》らす。

そして、ぼそっと聞き捨てならないことを言った。

「……榎本《えのもと》さん、なんか『お母さん』みたい」

「なっ⁉」

わたしは怒《おこ》り返した。

「お母さんじゃないもん！」

「でも、なんか日葵《ひまり》のお母さんと同じこと言ってるし……」

「違《ちが》うもん！　わたしはゆーくんの健康を考えて……」

ゆーくんのつぶらな瞳《ひとみ》が、じーっとわたしを見つめる。……ううっ⁉　そのキラキラビームに撃《う》たれて、わたしはよろめいた。

「……ひ、一袋《ひとふくろ》だけ！」

「やった！」

……わたし、弱い。

海外の大きなポテチのパッケージがはみ出したビニール袋《ぶくろ》を二人で持って、ホテルまでの道のりを行く。

蒸《む》し暑《あつ》い夕刻。

東京ドームでコンサートがあるらしくて、道路はたくさんの女性ファンで埋《う》め尽《つ》くされていた。うきうきしてる人だったり、悲しそうにしている人だったり。チケットを譲《ゆず》ってくださいとか、担当違うなら同伴《どうはん》一人大丈夫《だいじょうぶ》ですとか、そういう声がひそひそ聞こえる。

目《め》一杯《いっぱい》お洒落《しゃれ》した人たちを、ゆーくんが興味深そうに見ていた。十中八九、アクセを見てるんだと思う。その真剣《しんけん》なまなざしは、わたしを見ていない。

わたしは「えいっ」とゆーくんの肩《かた》に体当たりした。

「いたっ⁉　え、何々？　どうしたの？」

「ねえ、ゆーくん。そんなに個展に参加したいの？」

「参加していいの⁉」

「ダメ」

「なんで聞いたし……」

ゆーくんが肩《かた》を落とした。

……そうだよね。ゆーくんは、アクセが一番大事だもんね。でも、それで納得《なっとく》できるほど、わたしは大人じゃないのに。

「ゆーくん。わたしとあの人たち、どっちが大事なの？」

「え……」

あの人たち。それが昼間に会ったクリエイターの二人のことだって、ゆーくんもすぐにわかったみたい。

ゆーくんは、さも当然って感じで答える。

「そりゃ、榎本《えのもと》さんに決まってるじゃん」

「ほんとに？」

「ほんとだよ。だって、俺たち親友じゃん」

「…………」

ゆーくんが本心で言ってるのがわかる。わたしの視線に、ゆーくんが「どうしたの？」という感じで首を傾《かし》げた。

わたしは、ゆーくんの肩《かた》に体当たりした。ゆーくんはちょっと戸惑《とまど》いながら、わたしの身体《からだ》を受け止める。

「えいっ」

「え、マジでどうしたの？　榎本《えのもと》さん？」

「何でもない」

「そ、そっか。それなら……え、それなら何？」

自分でツッコみながら、ゆーくんは一人で楽しげに笑った。

ふと、二人で持ったビニール袋《ぶくろ》が目に入る。うまく入りきらずに、パッケージがはみ出した海外の大きなポテチ。

ねえ、ゆーくん。

わたしの作ったご飯だけじゃダメ？

このポテチ……どうしても今、食べなきゃダメなものだったのかな？

Ⅶ

〝君がいて幸せ〟

東京、四日めの朝。

俺はキングサイズのダブルベッドで目を覚ました。

快眠《かいみん》だ。今朝も変な夢を見ることなく、爽《さわ》やかに覚醒《かくせい》した。榎本《えのもと》さんが作ってくれた夕食を頂いた後（すごく美味《うま》かった）、どっと疲《つか》れがきて早めに寝《ね》たんだっけ。

天馬《てんま》くんたちはいい人たちだったけど、やっぱり初対面の人と話すのは緊張《きんちょう》する。そういう意味では、榎本《えのもと》さんが夕食を作ってくれたのはよかった。めっちゃ安心したっていうか、いつものペースに戻《もど》せたっていうか……。

（こんなんで、クリエイターとしてやっていけんのかな……）

日葵《ひまり》のありがたみを感じる。よく考えれば、俺が初対面の人に対応するときっていつも日葵《ひまり》がいてくれたし。自分で話を動かさなきゃいけないのって、こんなに疲《つか》れるのか……。

今日はフリーだ。身体《からだ》を休めなきゃ。

いや、フリーって言っても、榎本《えのもと》さんと遊ぶ日なんだけど。

とりあえず、もうちょっと寝《ね》てよう。たぶん榎本《えのもと》さんも寝《ね》てるだろう。リビングのほうでテレビ音とかしないし。

しかし、めっちゃ安心する……。なんか懐《なつ》かしい温《ぬく》みに包まれている感じだ。人間という生物の根源に響《ひび》くぬくもりっていうのか。さすが高級ベッドだ。そういえば東京にきてからずっとソファで寝《ね》てたし、実はあんまり眠《ねむ》れてなかったのかも。

……とか自分を納得《なっとく》させようとしたけど、ちょっと無理だった。

背中に感じるぬくもりに、俺はそーっと振《ふ》り返《かえ》る。すると案の定、予想していた光景があった。

「……すぅー、すぅー」

「…………」

背中から榎本《えのもと》さんが、俺を抱《だ》き枕《まくら》よろしくぎゅーっと腕《うで》を回しているのだ。その状態で、かすかに寝息《ねいき》が聞こえる。さっきの安心の正体コレっすね……。

（……って、ちょっと慣れてんじゃねえよ⁉）

とかツッコみを入れている間にも、榎本《えのもと》さんがもぞもぞと身体《からだ》を押し付けてくる！　ぎゃああっ！　やめろ、くるな煩悩《ぼんのう》！　あっちにいけ！

昨夜、ちょっと離《はな》れて寝《ね》たよな？　それでも容赦《ようしゃ》なく捕獲《ほかく》してくるあたり、凄《すさ》まじい寝相《ねぞう》の悪さだ。

さて、この状況《じょうきょう》をどうするか。

いやいや、俺も棚《たな》ぼた気分で榎本《えのもと》さんの温《ぬく》みを堪能《たんのう》してるわけじゃないんですよ。だって榎《えの》本《もと》さんに捕《つか》まえられたら、俺ごとき草食系が抜《ぬ》け出《だ》せるはずないし。かといって無理やり起こすと、また先日みたいに榎本《えのもと》さんを恥《は》ずかしがらせてしまう。ここは絶対に知恵《ちえ》を絞《しぼ》りたいところ！

……とか考えているとき、聞いたことない洋楽が流れた。榎本《えのもと》さんのスマホだ。

おそらく電話かライン通話だ。やばい。この音楽で榎本《えのもと》さんが起きたら気まずい。よ、ほ、と俺は器用に手を伸《の》ばして、スマホを取った。

……日葵《ひまり》から？

ついタップした瞬間《しゅんかん》、ライン通話になってビビった。榎本《えのもと》さん、画面ロックかけてないと危ないぞ……。

くあっと欠伸《あくび》して話しかけた。

「日葵《ひまり》？　こんな朝からどうした？」

『…………』

あれ？

「おーい。日葵《ひまり》？　聞こえてない？」

すると日葵《ひまり》が、みょ〜に圧のある陽気な声音《こわね》で言った。

『んふふー。なんでえのっちのスマホから、寝起《ねお》きの悠宇《ゆう》の声が聞こえるのかなー？』

「…………」

……ぐっはあっ⁉

やってしまった。俺と榎本《えのもと》さんは別室に泊《と》まっている設定だった。寝起《ねお》きで頭が回ってなくて油断した！

「あ、あの、えーっと……」

考えろ、考えろ。

一緒《いっしょ》に飯の準備を……いや、寝起《ねお》きだっていうのはバレてる。寝起《ねお》きで榎本《えのもと》さんのスマホを持っててもおかしくない理由……あっ！

「め、目覚まし……」

『目覚まし？』

「そ、そうなんだ。今日、ちょっと俺だけ先に起きる用事あってさ。それでほら、咲姉《さくねえ》さんからスマホ没収《ぼっしゅう》されてるし、アラームとして借りて……」

苦しい。苦しすぎる。

てか、榎本《えのもと》さんは朝食作りで手が離《はな》せなくて、とか言えばよかったじゃん。いかん、完全に墓穴《ぼけつ》を掘《ほ》った気がする。生前墓を建てるのは縁起《えんぎ》がいいとか言うけど、これは明らかに死への片道切符《きっぷ》。

とか汗《あせ》ダラダラになっていると、日葵《ひまり》が一際《ひときわ》明るい声で答えた。

『へえ、そうなんだー。……あ、もしかして紅葉《くれは》さんの紹介《しょうかい》してくれたクリエイターと意気投合して、今日も一緒《いっしょ》に遊びにいくとか⁉　悠宇《ゆう》、すっごいレベルアップしてるじゃん！』

「あはは。そうなんだよ。シンパシー……」

え？　何かの罠《わな》？　それとも、マジで俺のこと信頼《しんらい》してくれてる？　心臓バックバクになっていると、日葵《ひまり》は「てへ☆」と可愛《かわい》く笑う。

『でも悠宇《ゆう》。乙女《おとめ》のスマホに勝手にでるのはよくないぞ♪』

「…………………オレモソウオモイマス」

セーフ！

塁審《るいしん》、セーフの判定です！　夏目《なつめ》選手、逆転タイムリー2ベースヒットです‼　……なんで9回裏二死満塁《まんるい》1点ビハインドなんだよ。

「それより日葵《ひまり》。何か用事あるなら、榎本《えのもと》さんに伝えとくけど……」

『あ、えのっちじゃなくて、悠宇《ゆう》に取り次いでもらうつもりだったからさー』

「俺に？」

『昨日、アクセ発送したから、明日の午前中には届くよーって』

なるほど、それは助かった。

「日葵《ひまり》、ありがとな」

『んーん。このくらい何でもないって。悠宇《ゆう》も頑張《がんば》ってね』

日葵《ひまり》は「あ、バイトの時間だ！」と言って通話を切った。

どっと押し寄せる安心感に、俺はスマホを置いてぐでえっと脱力《だつりょく》する。……よかった。乗り切った。この東京旅行での最大のピンチがコレって時点でアレすぎるけど、とにかく俺は命を永《なが》らえた。生きてるって素晴《すば》らしい。

さて……。

「榎本《えのもと》さん。実は起きてるでしょ……？」

「……っ⁉」

ビクゥッと榎本《えのもと》さんが反応した。

やっぱり。さっき日葵《ひまり》から疑われたとき、榎本《えのもと》さんもギクッてなってたし。

「榎本《えのもと》さん？」

「……凛音《りおん》は寝《ね》てるもん」

「わー。すごく流ちょうな寝言《ねごと》……」

俺の背中に、ぐりぐりと顔を埋《うず》めていく。

「ちょ、ちょっと榎本《えのもと》さん⁉　起きたんだから放して！」

「無理。寝《ね》てるもん」

寝《ね》てると言い張る榎本《えのもと》さんの顔をちらっと窺《うかが》う。……耳まで真っ赤だ。

ははーん！　さては榎本《えのもと》さん、恥《は》ずかしくてもう引くに引けなくなってんな⁉

「榎本《えのもと》さん。今なら間に合う！　二人とも、見て見ぬふりで爽《さわ》やかな朝を迎《むか》えよう！」

「やだ」

「いや、だって朝ご飯とかもあるし……」

「やーだ！」

「ええー……」

榎本《えのもと》さんがバタバタと両脚《りょうあし》をばたつかせる。その振動《しんどう》で、一緒《いっしょ》にボッフンボッフンとマットレスの上で跳《は》ねる。さすが高級ベッド、スプリングが半端《はんぱ》じゃねえ！

「榎本《えのもと》さん！　暴れないで⁉」

「うるさーい！　ゆーくんは、今日はわたしの！」

「それは約束したけど、どうせ遊びに行くんだし……」

「今日は一日、部屋で過ごすの！」

「え？　東京観光は……？」

榎本《えのもと》さんはぶーっと拗《す》ねてるのをアピールするように、後ろから俺のお腹《なか》をシャカシャカさすってくる。

「ブフッ」

　くすぐりに弱い俺が噴《ふ》き出《だ》すと、榎本《えのもと》さんの目がキランッと光った。調子に乗って、さらにシャカシャカさすってくる！

「ちょ、フハッ⁉　え、榎本《えのもと》さ……フハハッ！」

「ほーら。もっとくすぐっちゃうぞー」

「やめ……やめろマジで‼　その攻撃《こうげき》、何なの⁉」

「ゆーくん家の大福《だいふく》くん、こうするとすごく嫌《いや》がって可愛《かわい》いから」

「猫《ねこ》と一緒《いっしょ》にすんなし⁉」

　しかし効果は絶大……てか、マジでただのバカップルじゃねえか！

「わかった、今日は部屋で過ごすから！」

　ベシベシと、榎本《えのもと》さんの腰《こし》のあたりをタップして降参を示す。くすぐりの刑《けい》が終わって、榎《えの》本《もと》さんがぷーっと不貞腐《ふてくさ》れモードに戻《もど》った。

「外に出たら、ゆーくんどうせアクセのことばっかり考えるじゃん」

「ええ。そんな理由でまさかの軟禁《なんきん》……？」

　確かに否定できないところが悔《くや》しい……。

　……いや、榎本《えのもと》さんがそうしたいっていうならいいんだけど。それにしても昨日からちょいちょい顔を見せるこのダダ甘え妹ムーブが、とにかく持て余す。普段《ふだん》はキリッとしてる榎本《えのもと》さんなだけあって、そのギャップが可愛《かわい》いというより困惑《こんわく》を覚える。

（もしかして、今日はずっとこんな感じ……？）

食事はホテルで頼《たの》めばいいけど、さすがにベッドから出ないということはないよな？

それはちょっとマズいっていうか、別に俺だってこの状況《じようきよう》で冷静なわけじゃない。いくら俺のこと信頼《しんらい》してくれてるって言っても限度が……。

――プルルル、と客室電話機が鳴った。

なぜか紅葉《くれは》さんの顔が頭をよぎった。通話ボタンを押した瞬間《しゆんかん》に『ユー、やっちゃいなよ～☆』とかツッコみどころ満載《まんさい》なこと言われそう！

そして榎本《えのもと》さん、電話がきてるのに俺を放す気がまったくなさそう⁉

嗚呼《ああ》。神はなぜこんな試練ばかり与《あた》えるのか。いや、マジでなんで？　この前からトラブルの方向性が偏《かたよ》りすぎじゃないですかねえ……。

さすがにコミュニケーションが過激すぎだ。どうにか榎本《えのもと》さんに憑《と》りついた邪《じや》を祓《はら》う方法はないか……あ、アレだ！

俺の視線の先にあるのは、サイドテーブルに置いた鉢植《はちう》えの赤い花。

一昨日、銀座で買ったゼラニウム。

花言葉は『真の友情』だ。

榎本《えのもと》さんが「自戒《じかい》にするね」と言って選んだ花。つまり、これには榎本《えのもと》さんの過剰《かじょう》なスキンシップを打ち消す効果がある！（本人の了承《りょうしょう》済み！）

俺は必死に手を伸《の》ばして、ゼラニウムを……あ、脇《わき》から伸《の》びた榎本《えのもと》さんの手で微妙《びみょう》に遠ざけられた！

俺が「んなご無体な……」となっていると、のしっと俺のお腹《なか》の上に乗ってくる。バスローブ姿の榎本《えのもと》さんが妖《あや》しく髪《かみ》をかき上げた。……うわあ。テンションが一周回って、完全に目が据《す》わってる。

「ゆーくぅーん。このまま個展には行かずに、ずっと一緒《いっしょ》にいようねぇぇぇ……」

「榎本《えのもと》さん？　旅行の間、親友って言ってたよね……？」

「あ、うん。親友ね。親友。でも今日のゆーくんは猫《ねこ》ちゃんだからセーフだにゃーん♪」

「榎本《えのもと》さーん⁉　にゃんはさすがに黒歴史……っ⁉」

煩悩《ぼんのう》との闘《たたか》い、ラウンド2に突入《とつにゅう》した。ぼんやりと、俺は自分のミスを悟《さと》った。

そうだ。赤のゼラニウムの花言葉は『君がいて幸せ』だ。見てよこの榎本《えのもと》さんの楽しそうな笑顔《えがお》。マジでどうしたら……ええい、お腹《なか》をシャカシャカさすんなーっ‼

♣♣♣

そして五日め。

フロントからの電話で目を覚ました。日葵《ひまり》に発送を頼《たの》んだアクセが到着《とうちゃく》したらしい。すぐに取りに行くことを告げて、慌《あわ》てて支度《したく》をする。

バスルームの洗面台で顔を洗い、鏡と睨《にら》めっこした。

(なんか、やつれてる……？)

やつれてるっていうか、げっそりしてる。

昨日は一日中、マジでずっと榎本《えのもと》さんとあんな感じだった。でも生き延びた。俺の忍耐力《にんたいりょく》、けっこう凄《すご》かったんだな。これも日葵《ひまり》のウザ絡《がら》みに二年以上も耐《た》え抜《ぬ》いた恩恵《おんけい》か……。

身だしなみを整えて、ベッドルームに戻《もど》った。リラックスチェアの背もたれに掛《か》けてたジーンズを履《は》いて、ベッドの上で丸くなっている物体に声をかける。

「榎本《えのもと》さん。大丈夫《だいじょうぶ》……？」

そう。

昨日の榎本《えのもと》さんは、ずっとあんな感じだった。具体的に言うと、俺を猫に見立ててにゃんにゃん言って遊んでいたのだ。

そして外出するつもりのなかった榎本《えのもと》さんは、用意周到にも夕食をルームサービスで頼んでいたらしい。となれば、あの悲しい結末に繋《つな》がることは自明の理といえるだろう。

「……だいじょばない」

だいじょばないらしい。

榎本《えのもと》さんはブランケットで身体《からだ》を巻き、出来立てほやほやの黒歴史にガタガタと震《ふる》えていた。

さすがにルームサービスのお姉さんににゃんにゃんプレイを見られたらそうなっちゃうよね。

俺も今すぐこの世界から消え去りたい……。

「あんなのわたしじゃない。あんなの、あんなの違《ちが》うもん。わたし、あんなえっちな子じゃないもん……」

「わかった、わかった」

よしよしと榎本《えのもと》さんの頭を撫《な》でてあげる。いくらテンションが振り切っていたとはいえ、確かにアレは何かが憑《と》りついていたとしか思えない。部屋の四隅《よすみ》に盛《も》り塩《しお》してるし、もう怖《こわ》がらなくていいんだよ。

……さて、と。

それはそうと、俺にはやるべきことがある。この状態の榎本《えのもと》さんを一人にするのは気が引けるけど、もう決めたんだ。俺は心を鬼《おに》にする。てか、昨日の羞恥《しゅうち》プレイで吹《ふ》っ切《き》れたわ。

「榎本《えのもと》さん。ちょっと俺、そこのコンビニに行ってくるよ」

すっている。

榎本《えのもと》さんがベッドから上半身を起こした。昨日は遅《おそ》くまで起きてたし、まだ眠《ねむ》そうに目をこすっている。

「ふえ……？」

「ゆーくん？　どうしたの？」

「いや、ちょっと買い物」

「お腹《なか》空いたなら、ルームサービス頼《たの》めば……」

……やっぱり、今日も俺を部屋から出さないつもりらしい。そんなに個展に行かせたくないのかな。まあ、もうどっちでもいいけど。

俺は緊張《きんちょう》を抑《おさ》えるように、小さく深呼吸する。

「その、下着類をね。咲姉《さくねえ》さんが適当に詰《つ》めてたやつだから、破れてて……」

「あ、そうなんだ……」

榎本《えのもと》さんが恥《は》ずかしそうに視線を逸《そ》らした。……ちょっと心が痛むけど、俺は思い切って立ち上がった。

「じゃあ、ちょっと行ってくるね」

「あ、ちょっと待って」

いきなり呼び止められて、ドキッとする。

榎本《えのもと》さんはいそいそとスマホを取り出すと、俺の前に差し出す。

「あのね。昨日の夜、これ見つけたの」

東京内の観光スポットのブログだった。その記事を見て、俺は目を丸くする。

「へえ。ハイビスカスの原種か……」

都内の大きな公園で、無料観覧できるって書いている。

ここからも、そう遠くはないようだ。

「ゆーくん。今日はコレ見に行こう？　やっぱり外にも出なきゃダメだよね」

「………そうだね」

つい返事が遅《おく》れてしまった。

榎本《えのもと》さんから言ってくれたことが、俺はすごく嬉《うれ》しかった。でも、ごめん。そうやって心の中で謝る。

「ゆーくん。今日はわたしと一緒《いっしょ》にいてくれるよね？」

「……うん。そのつもりだよ」

そう言って、俺は今度こそ部屋を出た。

フロントに届いてた小包は、それほど大きなものではない。この感じだと、中のアクセは20個くらいだろうか。

とにかく、ラッキーだ。これなら抱《かか》えて行ける。

俺は部屋に戻《もど》らずに、そのままホテルを飛び出した。

（……わかってんだよ。俺が悪いってことは）

榎本《えのもと》さんの気持ちは嬉《うれ》しいんだ。

紅葉《くれは》さんは厚意《こうい》でクリエイターを紹介《しょうかい》してくれたわけじゃない。はっきりと、俺に悪意があることを告げているのだ。それなのに個展にまで参加するのは、馬鹿のやることだってわかってる。

それでも、俺は行く。

榎本《えのもと》さんを怒《おこ》らせるとわかってても、俺は行かなきゃいけない。

先日の紅葉《くれは》さんとの勝負みたいな悔しい思いはもうたくさんだ。レベルアップできるなら、榎本《えのもと》さんのアイアンクローでもバックブリーカーでも何発喰《く》らったって構うもんか。

♣♣♣

お昼すぎ。俺は段ボールを抱《かか》えて再び渋谷《しぶや》を訪《おとず》れた。

ホテルから天馬《てんま》くんに電話して教えてもらった道順だと、こっちの通りに貸しスタジオがあるらしい。テナントビルの並んだ細い道を行くと、なんだか同じところをぐるぐる回っているような錯覚《さっかく》に陥《おちい》る。……やべぇ。もしかして迷った？

えーっと、えーっと。天馬《てんま》くんによると、東京で迷ったときは、とりあえず大通りを見つけろって言ってたな。だいたいコンビニがあるし、そこで最寄《もよ》り駅《えき》の方角を聞けば何とかなるって。

「……ん？」

コンコンと何かを叩《たた》く音がした。

どこだ？　周囲を見回しても、それらしい人影《ひとかげ》はない。そう思っていると、さらにコンコンと叩《たた》く音がする。

目の前のビルをよく見た。半地下状の下り階段があって、その入口のガラスドアの向こうから天馬《てんま》くんが見上げていた。

あっと思って階段を下りると、彼がスタジオから出てきた。一昨日《おととい》と同じように爽《さわ》やかな笑《え》顔《がお》で迎《むか》えられる。

「やあ、夏目《なつめ》くん。きてくれてありがとう」

「ごめん。気づかなかった」

「ちょっと口頭じゃわかりづらい場所だからね」

テナントビルの看板も小さくて、うっかり見過ごしていたらしい。スタジオに入ると、天馬《てんま》くんは俺が一人なのに気づいた。

「あれ？　凛音《りおん》ちゃんは？」

「あ、えっと。……まあ、色々あって」

言葉を濁《にご》すと、天馬《てんま》くんは察してくれた。先日の会話もあったし、榎本《えのもと》さんがこの個展に反対だったのも知っているはずだ。

「そっか。それならしょうがないね」

「ありがとう……」

この空気を読んでくれる感じがありがたかった。さすがににゃんにゃんプレイを見られたダメージに悶《もだ》えている隙《すき》に逃《に》げ出《だ》してきたとは言えない。

「……うわあ。ここ、なんか都会って感じだ」

そのスタジオは、非常に清潔感のあるお洒落《しゃれ》な空間だった。コンクリート剝《む》き出《だ》しの内装で冷たい感じの色合いだけど、それが逆に格好いい。

お洒落度《しゃれど》に圧倒《あっとう》されていると、天馬《てんま》くんが手を差し出した。

「二日間、よろしくね」

「こ、こちらこそ。誘《さそ》ってくれてありがとう」

軽く握手《あくしゅ》を交《か》わす。

正直、ここにくるまではドッキリの可能性を否定しきれずにドキドキしてたけど、それは杞《き》憂《ゆう》だった。天馬《てんま》くんは、二日前と変わらない自然な笑顔《えがお》で歓迎《かんげい》してくれる。

やっぱり、きてよかった。俺がジーンと胸を熱くしていると、ふと違和感《いわかん》を覚える。天馬《てんま》くんと握手《あくしゅ》した手が解放されないのに気づく。それどころか、なぜか両手で包んでスリスリされていた。

「あの、天馬《てんま》くん？」

「……ハァ、……ハァ。やっぱり理想的な手だ」

「天馬《てんま》くん⁉」

「ハハ。ハハハ。ボクはこの手に出会うために生まれてきたのかもしれない……」

「それ気のせいだから戻《もど》ってきてーっ⁉」

こういうときは……あ、榎本《えのもと》さんいないんだった⁉

「ていっ」

あっ。

背後から早苗《さなえ》さんが、強めにわき腹を蹴飛《けと》ばした。

「ぐはあ！」

「天馬《てんま》くん⁉」

天馬《てんま》くんを沈《しず》めると、早苗《さなえ》さんが穏《おだ》やかな笑顔《えがお》で言った。

「夏目《なつめ》くん。いらっしゃい」

「お、お世話になります……」

沈《しず》んだ天馬《てんま》くんをしり目に、和《なご》やかな挨拶《あいさつ》を交《か》わす。さすがダンスユニット出身なだけあって、見た目からは想像できない軽《かろ》やかな身のこなし……。

「それじゃあ、業者が入るまでコーヒーでも……あれ？」

早苗《さなえ》さんがお洒落《しゃれ》な眼鏡を両手で整えながら、俺の顔をじろじろと見る。え、何々？　俺の顔、なんか変？

ドキドキしていると、早苗《さなえ》さんが何とも言えない表情になった。

「もしかして、凛音《りおん》ちゃんに黙《だま》ってきちゃったんですか？」

「え……」

なんでわかった？

俺の驚《おどろ》いたリアクションが分かりやすかったのだろうか。早苗《さなえ》さんはもったいぶった感じで苦笑《くしょう》する。

「勘《かん》です。なんだか夏目《なつめ》くんの表情が、すごく後ろめたそうな雰囲気《ふんいき》だったもので」

「そ、そうですか……」

びっくりした。

女の勘《かん》ってやつか。一瞬《いっしゅん》、エスパーなのかと思ってしまった。いや、正直、大した違《ちが》いはないと思うんだけど。

すると天馬《てんま》くんが、慌《あわ》てて復活してきた。

「ごめん。ボクが個展に誘《さそ》ったばかりに……」

「あ、いや。俺が参加したいって駄々《だだ》こねて怒《おこ》らせちゃっただけで……」

た。


そうなのだ。

これは俺の我儘《わがまま》だ。天馬《てんま》くんたちのせいじゃない。

早苗《さなえ》さんは備え付けのキッチンのほうに行くと、コーヒーサーバーで飲み物を準備してくれた。

「夏目《なつめ》くんはコーヒーが好きですよね？」

「ありがとうございます。……あれ？　俺、飲み物の好み言いましたっけ？」

早苗《さなえ》さんは、うふふと意味深に笑った。

「それも女の勘《かん》です♡」

「そ、そうですか……」

なんか、この人も一癖《ひとくせ》ありそうだなあ……。

そんなことを思いながら、コーヒーを頂いた。

「もしよかったら、帰りに駅前の美味《おい》しいお菓子《かし》屋さんを教えますね」

「あっ。……ありがとうございます」

早苗《さなえ》さんにフォローされながら、今日の予定を教えてもらう。この後、しばらくしたら設営の業者が入ることになっているらしい。それまでは待機だ。

「そういえば天馬《てんま》くんたちは、紅葉《くれは》さんからは俺のこと何て言われたの？」

「うん？　紅葉《くれは》さんの地元のクリエイター志望の男の子を連れてくるから、ちょっと会ってみろって勧《すす》められたんだ。きっといい刺激《しげき》になるからって」

「……それだけ？」

「うん。それだけだよ。だから一昨日は、凛音《りおん》ちゃんが警戒《けいかい》してるから困っちゃって……」

……この感じ、嘘《うそ》じゃなさそうだ。

となると、紅葉《くれは》さんはこの二人の経験のために、俺と引き合わせたってことか？　なんか拍《ひょう》子《し》抜《ぬ》けって感じだった。

紅葉《くれは》さんの言は、こうだった。

俺は井《い》の中《なか》の蛙《かわず》だ。外のクリエイターを知れば、きっと自信を無くすはずだって。俺が夢を諦《あきら》めれば、勝手に日葵《ひまり》とのコンビを解消するって理屈。

（もしかしたら、単純に実力差を見せつけたかっただけ？）

つまり二人のアクセが凄《すご》すぎて、俺が勝手に自信喪失《そうしつ》するのが狙《ねら》いってこと？

……確かに俺たちの先入観で「紅葉《くれは》さんが何か仕《し》掛《か》けてくるはず」って思い込んでたのはあるかもしれない。

まあ、紅葉《くれは》さん自信家だからなあ。しかもそれで他人にマウント取りたいタイプ。自分の手塩にかけたクリエイターたちを見せびらかして悦《えつ》に入りたかった、ってのもあり得ない話じゃない。

とりあえず、俺は目の前の個展に集中しよう。

「ところで、個展の設営で業者が入るのすごいね……」

「あはは。全然すごくないよ。これも紅葉《くれは》さんから頂いた活動資金だからね。自分たちで設営するのが一般的《いっぱんてき》だけど、紅葉《くれは》さんが『うちの事務所の名前を借りている以上は、できる限り見栄《みえ》を張りなさい』って言うから」

「紅葉《くれは》さん、そんなに潤沢《じゅんたく》な活動資金を？」

「うん。あの人、怖《こわ》いけどクリエイターにはすごく優《やさ》しい人だからさ」

……聞き間違《まちが》いだろうか？

あまりに俺のイメージとかけ離《はな》れた言葉が聞こえたような気がする。

「紅葉《くれは》さんが、優《やさ》しい？」

「え？　うん、優《やさ》しいよね。夏目《なつめ》くんも知ってるだろ？」

天馬《てんま》くんの朗《ほが》らかな表情に、嘘《うそ》はなかった。

「……天馬《てんま》くん。紅葉《くれは》さんの、どんなところが優《やさ》しいの？」

「どこって言われたら困るけど……もちろん全部かな。あの人は後輩《こうはい》に優《やさ》しいし、ちゃんと一人の社会人として接してくれる。仕事には厳しいけど、それもボクたちのためだしね。今のボクがあるのは、何を隠《かく》そう紅葉《くれは》さんのおかげなんだ」

「へ、へえ。そうなんだ……」

「あ、ボクと紅葉《くれは》さんのこと聞きたい？　……そう。アレは二年前のことだったかな」

「いや、それは別に……」

天馬《てんま》くんが照れた感じで顔を赤らめ、どこか遠くに視線を向けて語り始めた。

唐突《とうとつ》に始まった過去回想。しかも紅葉《くれは》さん関連なので、俺のテンションにわずかな陰《かげ》りが生まれる。しかし迂闊《うかつ》に聞いてしまった手前、ちゃんと姿勢を正して聞いた。

「あれは、ボクら『Tokyo☆Shinwa』が酷《ひど》いバッシングを受けていたときだ。もちろん、ボクらは活動を続けたかった。少しずつファンを獲得《かくとく》していって、ようやくメジャーデビューできるタイミングだったんだ。でも、世間は無情だよね。メンバーの親類が、こんな場所に息子《むすこ》を預けられるかと怒鳴《どな》り込んできた。それが決定的だった……。人間不信になり、ボクは荒《あ》れた。ここだけの話、自暴自棄《じぼうじき》でよくないクスリに手を出そうとさえ思っていた。仲間やマネージャーにも見捨てられたボクを必死で踏《ふ》みとどまらせてくれたのが紅葉《くれは》さんだった。『アイドルの仕事がなくなっても、きみの価値は変わらないよ。きみの価値をわかってくれる人たちの場所で輝《かがや》こう』ってね。そしてボクの心を温かく照らし、このアクセクリエイターという天職まで用意してくれ……」

「…………」

ふ、ふぅ～～～ん……。

いや、感動的な話だというのはめっちゃ伝わる。それに天馬《てんま》くんが、紅葉《くれは》さんのことを尊敬してるのも真実なんだなってわかるんだ。

でも、こう、なんていうか……。

ぜんっぜん響《ひび》かない。俺の知ってる紅葉《くれは》さんとイメージがかけ離《はな》れすぎて、いっそ中身の違う紅葉《くれは》さんがもう一人いるのではと疑ってしまう。そもそも「きみの価値をわかってくれる人たちの場所で輝《かがや》こう」って何？　紅葉《くれは》さん、もしかしてそういう甘いこと言って仕事ない後輩《こうはい》モデルを俺に引《ひ》き渡《わた》そうとしてたのでは……？

（てか紅葉《くれは》さん。俺にはボロクソ言ったのに……っ！）

俺が一人でしくしく泣いていると、天馬《てんま》くんが首を傾《かし》げた。

「どうしたの？」

「あ、いや。天馬《てんま》くんたちが紅葉《くれは》さんのこと尊敬してるのはわかったよ」

……ということは、早苗《さなえ》さんも同じような経緯《けいい》なのかな。藪蛇《やぶへび》になりそうだから、もうこの話題はやめておこう。

♣♣♣

タイミングよく、イベント設営の業者がやってきた。なんでも、天馬《てんま》くんたちの事務所がよく利用する会社なんだとか。

天馬《てんま》くんたちが指定していたらしいインテリアなどを運び込みながら、それを細かく設置している。実物を見ながら、各所を変更《へんこう》することもあった。

「こっちのテーブルの配置はどうしますか？　一台、増えるとうかがいましたけど」

「入口から、三か所が均等に見えるようにお願いします」

「では、こっちのスピーカーの位置に変更《へんこう》は？」

「これだと、テーブルの真上になっちゃうな。こっちの部屋の隅《すみ》に設置できますか？」

「あ、イケそうですね」

　俺が個展に加わったことで、本来の設営図に修正が入るようだった。最初は迷惑《めいわく》かとも思っていたけど、天馬《てんま》くんたちの変更《へんこう》指示は手馴《てな》れていた。どうやら、普段《ふだん》から個展の人数は上下するようだ。

　その設営の様子を、俺は近くで見学させてもらう。非常に有意義な時間だった。いつか自分の店を持つときがきたら、色々と教えてもらいたい。

　やがて仕事が完了《かんりょう》すると、業者のお兄さんたちはにこやかに挨拶《あいさつ》する。

「それでは、以上になります」

「ありがとうございました」

　彼らが帰った後、スタジオの光景は一変していた。

　コンクリート打ちっぱなしの冷たい印象だったのが、ずいぶんと暖かみを感じる内装へと変《へん》貌《ぼう》している。

ライトは電球色というオレンジ色の灯《あか》りに統一。壁《かべ》には風景画の絵画が並び、アクセを並べるテーブルは柔《やわ》らかい印象の木目調だった。部屋の隅《すみ》には観葉植物が置かれ、他にもセンスを感じるインテリア類が並んでいる。隅《すみ》に設置された大型スピーカーから、ムーディな曲が流れていた。

そして天馬《てんま》くんに、当日のプログラムを説明してもらう。

個展は二日間限定。午前10時～午後8時の長丁場だ。昼休憩《ひるきゆうけい》は一時間だけど、それぞれの判断で休憩《きゆうけい》を挟《はさ》むこと。

そこまでで、俺は素直《すなお》な疑問を口にした。

「スタジオを借りるのに、二日間限定？　もっと長くしないの？」

「ケース・バイ・ケースかな。もっと個展の規模が大きければ、一週間以上かけてやることもある。今回は、元々ボクと早苗《さなえ》さん二人だけの予定だったからさ。このくらいの規模だと、日にちを分けるよりも短期間に集中したほうが最終利益が大きいんだ」

「なるほど。呼び込みとかは考えず、この個展の存在を知ってるお客さんに売ることだけに集中するのか」

「そういうこと。ボクや早苗《さなえ》さんの知名度だと、新規顧客《こきやく》よりも常連さんに買って頂くのがメインになるからね。悪戯《いたずら》に維持費《いじひ》をかけるのは得策じゃない」

確かに勉強になる。

思い出すのは、俺が中学のときの文化祭だ。あのとき、紅葉《くれは》さんのTwitterを見た近所の女子大生たちがこぞって買いにきた。アレは「あの文化祭でしか買えない」という宣伝文句が効いた結果でもある。希少性を高めて、購買《こうばい》意欲を刺激《しげき》する戦略ということだ。

「そして当日は、入口のテーブルに受付けの子と、裏のキッチンに給仕《きゆうじ》の子がアルバイトで入るから。夏目《なつめ》くんもそのつもりでね」

「すごいな。そういうのも、人を雇《やと》うの？」

「アルバイトって言っても、うちの事務所の人たちだよ。まだ駆《か》け出《だ》しの子には、満足な仕事は回ってこないからね。他のアルバイトで生計を立てるのも限度があるし、そういう子たちに少しでも足しになればって紅葉《くれは》さんが声を掛《か》けてるんだ」

「あの紅葉《くれは》さんが!?」

「……うーん。さっきから、紅葉《くれは》さんのイメージに齟齬《そご》がある気がするなあ」

いや、だって、ねえ？

あの人、日葵《ひまり》と交換《こうかん》だって言って、事務所の後輩《こうはい》の子を押し付けようとしたんですよ？　それと本当に同一人物なんだろうか。……天馬《てんま》くんたちには言わないけど。

その他にも『ワンドリンク制』『午前中は20分交代』などの細かいルールもあった。

「ワンドリンク？　個展で？」

さっきのコーヒーサーバーの飲み物を配るのだという。なんか音楽ライブみたいなルールだなって思っていると、天馬《てんま》くんが苦い顔で説明してくれた。

「まあ、入場料みたいなものだよ。ほんとはタダで入ってもらいたいんだけど、まだアクセの売上だけで予算を回収できるほどじゃないから。入場チケットだとそれはそれで問題が出てくるから、ドリンク代って形で頂戴《ちょうだい》してるんだ」

なるほど。渋谷《しぶや》のど真ん中にあるスタジオを借りたり、さっきの設営の料金だってけっこうな金額になるはずだ。こんな予算の回収方法があるとは思わなかった。……たぶん天馬《てんま》くんたちのような芸能人だからできる荒業《あらわざ》だろうけど。

「じゃあ、『午前中は20分交代』は?」

「それはまあ、明日に説明するよ。個展が始まってからのほうがわかりやすいと思うし」

そこで俺たちの様子を静かに見守っていた早苗《さなえ》さんが声をかける。

「天馬《てんま》くん。お堅《かた》い話はそこまでにして、そろそろお楽しみタイムに移りましょう」

「それもそうだね」

お楽しみタイム?

アクセの個展の設営は完了《かんりょう》し、当日のプログラムも共有した。その上で、お楽しみタイムと言えば?

……なるほど。ピーンときた。

俺は持ってきたアクセの段ボール箱を、テーブルに置いた。そしてキリッといい顔で答える。

「アクセ披露《ひろう》会だよね！」

『その通り‼』

スピーカーから、パッパカパーッと盛大《せいだい》な効果音が鳴った！　……どうやらこれは早苗《さなえ》さんのスマホから音を飛ばしているらしい。

天馬《てんま》くんと早苗《さなえ》さんが、うきうきした様子で自分たちのアクセを取り出した。

「紅葉《くれは》さんはモデルとかファッションデザイナーとか色んな業種を目指す若者に資金提供してるけど、その中でアクセクリエイターへの出資は5人だ。ただ最近は入れ替《か》わりもないから、ちょっと刺激《しげき》が足りなくてね。夏目《なつめ》くんのアクセ、すごく楽しみにしてたんだよ」

「そうですね。紅葉《くれは》さんが期待しててねって言《い》ってましたし、さぞ素敵《すてき》なアクセを作るんでしょう」

めっちゃハードル上げてくるー……。

俺が逆に気まずくなっていると、二人は先んじてアクセのケースを開けた。まずは天馬《てんま》くんのアクセを見せてもらう。

「これは……え？」

髑髏《どくろ》だった。

ずらりと並んだものは、髑髏《どくろ》を模した無骨なシルバーリング。髑髏《どくろ》って言っても、色々なパターンがある。スマートに格好いいもの、女性向けの可愛《かわい》い系、キッズ向けの丸みのあるキャラクター。オリジナル、版権ものと、様々だ。

でも、これはガチガチのリアル路線。髑髏《どくろ》の歯並びも一つ一つを刻んである。キラキラ美青年である天馬《てんま》くんとのあまりのイメージのギャップ差に、俺はぎょっとした。

そのリアクションが慣れっこなのか、天馬《てんま》くんは苦笑《くしょう》しながら言う。

「あはは。よく似合わないって言われるんだけど」

「そ、そんなことはないよ。ちょっと驚《おどろ》いただけ……」

そういえば、天馬《てんま》くんの名刺《めいし》も髑髏《どくろ》デザインだったな。そんな話をしながら、アクセケースの商品を手に取ってみた。

どれも大きくて、いかにもへビメタって感じだ。真木島《まきしま》みたいなやつに似合いそうだと思った。俺には縁《えん》のなさそうな分野……いや、待て。

俺はリングに指を通そうとして、まったく入らないのに気づいた。

「……天馬《てんま》くんのテーマは『華奢《きやしゃ》な女性の手と、無骨な髑髏《スカル》リングのギャップ萌《も》え』かな？」

「っ⁉」

天馬《てんま》くんが、ガシッと両手で俺の手を握《にぎ》った。

「わかるかい⁉」

「う、うん。天馬《てんま》くんってお手々フェチだし、どのアクセも厚みがある割に裏側が空洞《くうどう》になってて軽い。それにリングサイズも小さいから」

「すごいね。みんなこの派手なアクセに気を取られて、重みとかリングサイズは見落とすんだよ」

俺のフラワーアクセが『美少女×可憐《かれん》な花』の同一方向で引き立て合うとしたら、天馬《てんま》くんのこれは『美少女×厳《いか》つい髑髏《どくろ》』という対極イメージを利用したものだ。

「天馬《てんま》くんはロストワックス技法で制作してるんだね」

「あ、それもわかるんだ？」

「うん。俺も何度か、やったことがある」

これはワックス……つまり蠟《ろう》を使って制作したオリジナルアクセだ。

オリジナルのリングを制作する場合、主に二種類の方法がある。

一つは金属を熱して叩《たた》いて繋《つな》げる、いかにもな『鍛造《たんぞう》技法』。

鍛造《たんぞう》技法の利点は、確かな強度の実現だ。金属を叩《たた》いて不純物を取り除くため、金属密度が高くなる。頑丈《がんじょう》で質感のあるアクセサリーが制作できるのだ。

ただし欠点として、まず工具などの準備コストが高めだ。さらに直線的なデザインに限定されがちで、職人の腕《うで》によって完成度にムラが生じる点も挙げられる。

もう一つが、アクセ制作用のチューブワックスを使用する『ロストワックス技法』だ。

チューブワックスというのは、最初からリング穴を開けた円筒《えんとう》状の蠟《ろう》だ。それを好きなリング幅《はば》に工具で切断し、鉄ヤスリでガリガリ削《けず》ってアクセの形を再現していくのがロストワックス技法になる。

完成したワックス型を鋳造《ちゅうぞう》業者に送ると、そちらで金属を流し込んで完成品にして届けてくれるのだ。この工程で蝋《ろう》を熱で溶《と》かしきるので、失蝋《ロストワックス》技法と呼ばれる。

最近では個人で発注できるサービスも多くなり、結婚《けっこん》指輪などを自作するケースも増えているという。

このロストワックス技法の利点は、柔《やわ》らかい蝋《ろう》を削《けず》ってデザインすることで、誰《だれ》でも比較的《ひかくてき》容易にオリジナルデザインを作れるところ。そして金属より手軽な蝋《ろう》を削《けず》るだけなので、複雑なデザインも再現可能という点だ。

ただし欠点として、溶《と》かした金属を型に流し込むだけなので、鍛造《たんぞう》技法に比べて強度で劣《おと》ることが多い。金属内の不純物や気泡《きほう》がそのままなので、細《こま》かいデザインだと割と簡単に曲がったり千切れたりしてしまうのだ。

早苗《さなえ》さんが顔を覗《のぞ》かせて「わあ。今回はたくさん作りましたねえ」と感嘆《かんたん》の声を上げる。

「天馬《てんま》くんの髑髏《どくろ》リング、格好いいですよね。わたしもオフのときは身に着けたりしてるんですよ」

「そうですね。俺も明日は買いたいです」

天馬《てんま》くんが照れたように笑う。

「でも、師匠《ししょう》にはまだまだって叱《しか》られてばかりなんだよ」

「師匠《ししょう》？　紅葉《くれは》さんじゃなくて？」

「うん。紅葉《くれは》さんの知り合いのクリエイターを紹介《しょうかい》してもらって、色々と教えてもらってるんだ。今回の個展にも招待してるから、運がよければ夏目《なつめ》くんにも紹介《しょうかい》できるかも。気分屋さんだから、きてくれる保証はないけど」

「へえ。紅葉《くれは》さんの知り合いだし、凄《すご》そうだね」

「うーん。どうだろう。正直、その方のクリエイターとしてのレベルは、ボクにはよくわかんないんだ」

「え？　そうなの？」

師匠《ししょう》と呼んで師事するのに、その人のレベルはわからない？　俺が不思議に思っていると、天馬《てんま》くんは笑った。

「なんていうか、ジャンルの垣根《かきね》を越《こ》えた審美眼《しんびがん》を持ってる人なんだ。それに、いつも正しくボクを導いてくれる」

「そうなんだ……」

よくわからないけど、天馬《てんま》くんがこれほど言うなら凄《すご》い人なんだろう。俺も会えたら、しっかり挨拶《あいさつ》しとかなきゃ。

「そんなことよりも、私のアクセも見てくださいよ！」

「わっ⁉　す、すみません……」

いきなり早苗《さなえ》さんに肩《かた》を揺《ゆ》すられて、驚《おどろ》いて振《ふ》り返《かえ》った。待ってましたとばかりにアクセケースを開けて見せてくれる。

「私は、天然石《ストーン》メインで、レザークラフトアクセを扱《あつか》ってます」

そこには、非常に趣《おもむき》のある革製《かわせい》のアクセサリーが並んでいた。どれも碧《みどり》や赤、それに黒のくっきりした色合いの天然石があしらってある。

レザークラフトアクセサリー。その名の通り、革製《かわせい》アクセサリー全般《ぜんぱん》を指す。牛革《ぎゅうがわ》を基本に、豚《ぶた》や鹿、ワニ革など素材は多岐《たき》に渡《わた》る。

その魅力《みりょく》は、何と言っても特有の渋みだろう。本革《ほんがわ》は長持ちする上に経年で表れる深い色合いが素敵《すてき》だ。その唯一無二《ゆいいつむに》ともいえる長所は財布《さいふ》などの革製品《かわせいひん》だけではなく、このレザークラフトアクセにも当てはまる。

そして、このレザークラフトアクセにあしらわれた天然石の数々。一昨日の口ぶりだと、おそらくこの石たちが彼女にとっての主役なんだろう。天然物を扱《あつか》うという意味では、なんとなく俺のフラワーアクセと近いものを感じる。

その一つを手に取ってみる。レザーアクセで鳥の羽を模し、それを赤い天然石と一緒《いっしょ》にネックレスに通したものだ。

「早苗《さなえ》さんのデザインは、インディアンジュエリーのイメージが強いですね」

「おっ。わかりますか？」

「この鳥の羽のモチーフ、すごく自然な感じがして影響《えいきょう》が出ていると思います」

インディアンジュエリーとは、アメリカ大陸に古くから暮らす先住民族の伝統工芸品だ。祭事などで身に着けられる装飾品《そうしょく》が、若者のファッションとして人気を集めている。どんなに時代が変わっても魅力《みりょく》が失われない自然的モチーフだった。

大型のショッピングモールとかにも、海外アクセのセレクトショップが入っているのを見かけるだろう。このように宗教的な意味合いの強いアイテムが、国境を越《こ》えて親しまれることもアクセの魅力《みりょく》だと思う。

羽のネックレスの次は、レザーバングル。つまり留め具のない革製《かわせい》の腕輪《うでわ》だ。これには、ひときわ目を引かれた。

厚めで主張の強いバングルに、さらに主張の強い大きな碧《あお》い石があしらってある。細かいことなんて気にすんなって吹《ふ》っ飛《と》ばすような暴力的な美しさがあった。

目の醒《さ》めるような鮮《あざ》やかな碧色《あおいろ》に、所々、モヤのような黒い陰《かげ》りがある。俺は天然石にそれほど詳《くわ》しくないけど、この石はおそらく……。

「この石は、ターコイズですか？」

ターコイズ。薄《うす》い青から、これのようにくっきりとした碧《あお》まで様々な色合いがあるメジャーな天然石。かつてトルコの商人たちがヨーロッパに持ち込んだことから、トルコ石とも呼ばれるそうだ。そのときの逸話《いつわ》にちなんで、旅のお守りになると言われている。

「さすが夏目《なつめ》くん。わかってますね！」

早苗《さなえ》さんが嬉《うれ》しそうに手を握《にぎ》ってブンブン振《ふ》る。大人っぽいお姉さんの無邪気《むじゃき》なリアクションに、俺はつい緊張《きんちょう》してしまう。

「そ、そんな大それたことじゃ……」

「いえいえ！　天然石って人気ある割に、あんまり名称《めいしょう》って覚えてもらえないんですよー」

「どうしてもダイヤとかのほうが有名ですからね」

「そういうことです。夏目《なつめ》くんは、どうして？」

「ちょっと前に、フラワーアクセと一緒《いっしょ》に組み込めないか考えたことがありました。自然の芸術の組み合わせで……とか思ってたんですけど、さすがにバランスが悪くて諦《あきら》めたんです」

あのときは失敗だったけど、こうして会話のきっかけになったのは驚《おどろ》いた。天馬《てんま》くんとのロストワックス技法もだけど、なんでもやってみるもんだなって改めて思う。

「…………」

こうして二人のアクセを見せてもらって、俺は感動していた。

これまで俺のアクセ制作は、ある意味で孤独《こどく》だった。日葵《ひまり》というパートナーがいて、榎本《えのもと》さんや雲雀《ひばり》さんのような理解者もいる。自分でも贅沢《ぜいたく》だなって思うんだけど、それでも……同じ趣味《しゅみ》を持つ人がいなかったのは事実だ。

これまでは、それでもよかった。

でも、こうして出会ってしまったら自覚してしまう。紅葉《くれは》さんが何を企《たくら》んでいても関係ない。

俺はこうして同年代のクリエイターたちと仲よくなれて本当によかった。

二人のアクセを、改めて見せてもらう。

どちらも素敵《すてき》なアクセだ。

デザインの端々《はしばし》にこだわりや挑戦《ちょうせん》が感じられて、一つ一つにクリエイターの愛が見える。

（でも、もしかして……）

その違和感《いわかん》を、俺は必死で打ち消した。

そんなはずはないと思う。紅葉《くれは》さんの秘蔵《ひぞ》っ子《こ》として紹介《しょうかい》されたクリエイターだ。最近はアクセに集中できないことも多くて、俺のセンスが鈍《にぶ》ってるだけだろう。

天馬《てんま》くんが、いよいよという感じで急《せ》かす。

「じゃあ、夏目《なつめ》くんのも見せてもらおうか」

「そうですね。私たちだけというのは不公平ですからね」

「不公平って……」

そんな冗談《じょうだん》を言いながら、二人の前に俺のアクセを詰《つ》めた段ボール箱を押し出した。ドキドキしながら封《ふう》を開けて、アクセの一つをテーブルに置く。すでに販売できるようにした、アクセケース入りのコスモスのイヤリングだ。

天馬《てんま》くんたちが、それを覗《のぞ》き込んで……。

「…………」

「…………」

ノーリアクションであった。二人はアクセケースを覗《のぞ》き込んだ体勢のまま、無言で固まっている。

……あれ？　てっきりすぐ茶化されるか感想でも言われるかと思ったんだけど。想定外のリアクションに、俺は戸惑《とまど》った。

な、何か変なところがあっただろうか。もしかして、東京のクリエイターには作法みたいなものが……あっ！　もしかして、アクセケースがダサいとか、そんな感じか？　あるいはアクセのパーツが微妙《びみょう》とか……いや、でも田舎《いなか》で手に入るパーツには限度があるし、通販《つうはん》だって実物とのイメージ差は賭《か》けみたいなものだし。

どうしよう。まさか――。

『ハァ。夏目《なつめ》くん、やっぱナイな』

『紅葉《くれは》さんの審美眼《しんびがん》も衰《おとろ》えましたね。やっぱり歳《とし》には勝てないということですか』

みたいな感じで、明日の個展参加がナシに⁉

俺が「あわわわ……」となっていると――天馬《てんま》くんが俺の両肩《りょうかた》を摑《つか》み、血相を変えて叫《さけ》んだ。

「夏目《なつめ》くん⁉　これ、きみが作ったのかい⁉」

「え？　何々？　やっぱりダサ……」

「はあ⁉　ダサい？　それ本気で言ってないよね⁉」

「ど、どういうこと？　俺、状況《じょうきょう》がよくわかんないんだけど……」

するど早苗《さなえ》さんのほうは、いきなり自分のバッグから手袋《てぶくろ》を持ち出してきた。俺のイヤリングに指紋《しもん》がつかないようにしながら、そーっと丁寧《ていねい》に扱《あつか》っている。

そして、ほうっと感嘆《かんたん》の息を漏《も》らした。

「……こんなに精巧《せいこう》なアクセサリー、うちのメンバーでもそうそう作れませんよ。一瞬《いっしゅん》、どなたか著名なクリエイターのアクセを買ってきて嘘《うそ》ついてるのかと思いました」

「いや、そんな遠回しな嘘《うそ》ついても意味ないと思うんですけど……」

そもそも、俺のアクセの技量は紅葉《くれは》さんが知っている。その場しのぎで見栄《みえ》を張ったって、本当の実力が伴《ともな》わなければ意味がない。

「で、でも、気に入ってもらえてよかっ……」

「気に入ったとか、そういう問題じゃないです！　はっ倒《たお》しますよ！」

なんでキレられるんだよ⁉

俺が困っていると、天馬《てんま》くんが真剣《しんけん》な表情で聞く。

「夏目《なつめ》くん、クリエイター歴は？」

改めて聞かれて、俺は首を傾《かし》げる。そういえば、何年だろう。具体的に覚えてるわけじゃないけど——榎本《えのもと》さんと再会したのが7年ぶりくらいだから、それよりは短いはず……。

「えっと、早くて小学六年の頃《ころ》だから……6年くらい？」

『……っ⁉』

天馬《てんま》くんと早苗《さなえ》さんが顔を強張《こわば》らせた。

「小学六年生？　ボクはまだ、芸能界に入ることすら考えてなかったな……」

「私は、どうでしょう。親の意向で、習い事はたくさんしていましたけど……」

二人はうーんと唸《うな》りながら頭をひねっている。

俺のアクセの話なのに、完全に蚊帳《かや》の外だった。でも二人のリアクションが本物であるとわかって、さっきの違和感《いわかん》が再び戻《もど》ってくるような気がした。

……もしかして、俺のアクセのほうが品質としては上なのでは？

「ちなみに、天馬《てんま》くんたちのクリエイター歴は？」

「ボクが2年だから、早苗《さなえ》さんは1年と半分くらいかな。ボクの半年遅《おく》れだったよね？」

天馬《てんま》くんの問いに、早苗《さなえ》さんがうなずいた。

「趣味《しゅみ》として石のことは勉強してましたけど、本格的に制作にチャレンジしたのはそのくらいですね……」

ということは、単純にクリエイター歴としては俺のほうが先輩《せんぱい》になるわけか。なんか意外な方向に話が動いて、拍子抜《ひょうしぬ》けだった。

でも、変だ。紅葉《くれは》さんの言い方だと、俺より凄《すさ》まじい技術力のクリエイターを紹介《しょうかい》するって感じだったし……。

もちろん天馬《てんま》くんたちをクリエイターとして下だと思っているわけじゃない。俺のアクセを褒《ほ》めてくれるからって、それが上下関係を生むわけじゃないし。

（ただ、あの紅葉《くれは》さんが何かを仕《し》掛けようとしているのに……？）

そんなことを考えてしまうのだ。先日の日葵《ひまり》のスカウトの一件では、まったく手も足も出ないほどにコテンパンにされたわけだし。

この東京旅行が、急に決まったから準備ができなかった？　先日の挑発《ちょうはつ》は、何か苦《くる》し紛《まぎ》れの一手だった？　……それも紅葉《くれは》さんには似合わない。

その後、俺は天馬《てんま》くんたちのおススメするジュエリーショップを回って時間を過ごした。

あとは個展のときのために、流行《はや》りの服とかも見繕《みつくろ》ってもらう。天馬《てんま》くんが常連だという美容室はいかにも芸能人御用達《ごようたし》って感じでビビったけど、いざ入るとすごく居心地《いごこち》がよかった。

俺はアクセしか持ってきていないし、テーブルを装飾《そうしょく》する小物なんかも見にいく。色々やってたら暗くなって、二人とは食事して別れた。

そして最後に、早苗《さなえ》さんおススメの洋菓子《ようがし》店で美味《おい》しいケーキを買った。

「夏目《なつめ》くん。しっかりね」

「凛音《りおん》ちゃんによろしくお伝えください」

二人の激励《げきれい》を受けて、俺は帰途《きと》に就《つ》いた。

……正直、このまま二人の家に泊《と》めてもらえないかなあって感じだけど。榎本《えのもと》さん、絶対に怒《おこ》ってるもんなあ。

♡♡♡

朝、ゆーくんがコンビニに行った。

わたしは着替《きが》えを済ませて、その間にやってきたルームサービスの朝食を準備した。そしてテレビで朝のニュース番組を眺《なが》めながら、ゆーくんが戻《もど》ってくるのを待っていた。

……朝食のスープが冷めた頃《ころ》、おかしいなって思った。

ゆーくんが戻《もど》ってこない。もしかして道に迷ってるのかな。ううん、コンビニは通りの向こうにあったし、いくら何でも迷うはずはない。雑誌でも立ち読みしてるのかな。ゆーくんってそういうタイプじゃないと思うんだけど……。

(……まさかね)

そう否定しても、どんどん不安は大きくなる。ニュース番組が替《か》わったとき、思い切ってフロントに電話をした。

『夏目《なつめ》さまは、お荷物を受け取って外出なさっております』

わたしは無言で、通話を切った。

——ゆーくん。今日はわたしと一緒《いっしょ》だもんね？

——……うん。そうしようかな。

さっきの会話を思い出す。

あのとき、ゆーくんの目はわたしを見ていなかった。

（……ゆーくんに、嘘《うそ》つかれた）

その事実が、ずんっと胸にのしかかる。なんで？　いや、わかる。わたしが個展に参加するの嫌《いや》がったから。だから、わたしに嘘《うそ》ついて一人で出かけた。

わたしはスマホを取ると、一番嫌《きら》いな人に電話を掛《か》けた。向こうが通話に出た瞬間《しゅんかん》、わたしは逸《はや》る気持ちで問いただす。

「お姉ちゃん、天馬《てんま》くんたちの個展ってどこ⁉」

『……………』

お姉ちゃんが、ちょっとだけ驚《おどろ》いたように息を飲む。

それから、愉快《ゆかい》そうに言った。

『凛音《りおん》、置いていかれちゃったんだ〜？　ゆ〜ちゃん、ヒドイんだ〜☆』

まるで、全部思い通りって感じの弾《はず》む声音《こわね》。

お昼が過ぎた頃《ころ》。やっぱりゆーくんは帰ってこなくて……わたしは教えられたテナントビルに向かった。

半地下になっているスタジオを、外からそーっと覗《のぞ》き込む。

……ゆーくんがいた。思い違《ちが》いであってほしいと思ったけど、やっぱりわたしに嘘《うそ》ついて個展の準備にきたみたい。

問題は、それがわかってどうするのってことだけど。

その場にうずくまった。こういうとき、どうすればいいんだろう。ゆーくんはアクセが大事だってわかってる。

でも、こんなときまでアクセ優先ってないじゃん。わたしが頑張《がんば》ったから、ひーちゃんと付き合えることになったんじゃん。まだ二週間くらいしか経《た》ってないのに、もう忘れちゃったの？

ゆーくんたちはアクセを囲みながら、何か真剣な顔で話している。ゆーくんの言葉に、天馬《てんま》くんが感心した様子でうなずいた。

そして早苗《さなえ》ちゃんが何かを聞くと、ゆーくんはアクセを指さして説明する。

三人は熱心に意見を交換しながら、たまに楽しそうに笑う。充実した時間を過ごしているのがわかって、一人でいるわたしの影が濃くなっていくような気がした。

……ハアっとため息をつく。

（ダメだよ。凛音《りおん》はやれる子だから。こんなことで怒《おこ》っちゃダメ……）

よしっと拳《こぶし》を握《にぎ》る。

まだ大丈夫《だいじょうぶ》。ゆーくんは話せばわかってくれるし。何だかんだ言っても、わたしのこと大事にしてくれるもん。今日は新しい刺激《しげき》で楽しくなっているだけだよね。個展の設営が終わったら、すぐにわたしのところに帰ってきてくれるもんね？　わたしをほったらかしにして、忘れちゃってるなんてないよね？

ちゃんと帰ってきたら、ゆーくんはごめんなさいって謝ってくれるもん。ちゃんと心がこもってれば、わたしは許してあげるから。

「わたしは帰って、ゆーくんの帰りを待とう！」

ゆーくんはきっと疲《つか》れてるだろうから、わたしがゆっくり癒《いや》してあげなきゃ。美味《おい》しいご飯を作って、お風呂《ふろ》の準備もして、そして「お疲《つか》れ様《さま》」って褒《ほ》めてあげるの。……なんか新婚《しんこん》さんみたい。えへ。

（よし、やるぞーっ！）

うおおっと意気込んで、わたしは帰途《きと》に就《つ》いた。

そして、ゆーくんは全然帰ってこなかった。

スイートルームから見える東京の景色が段々とオレンジに染まって、やがて温《ぬる》い夜に包まれていく様子を、わたしはベッドの上で呆然《ぼうぜん》と見つめていた。

スマホ……もう20時を回ってる。普通《ふつう》に夜じゃん。え？ ゆーくん、朝に出て行ったよね？

しかも、わたしに「コンビニ行く」って嘘《うそ》ついて出て行ったよね？ わたしが心配してそう、とか、早く帰んなきゃ、とかないのかな？

気が付けば、枕《まくら》をボッフンボッフンぶん殴《なぐ》っていた。

「〜〜〜〜〜〜っ!!」

なんで⁉ なんで帰ってこないの⁉

個展の設営って、そんなに時間かかるの？ あの規模だし、そんなに大掛《おおが》かりなことしないよね？

そして枕《まくら》がぺったんこになったとき、ふと天啓《てんけい》のように閃《ひらめ》いた。

(待って。もしかして、ゆーくんに何かあったんじゃ……？)

ガバッとベッドから跳《は》ね起《お》きた。こういうとき、どこに連絡《れんらく》すればいいのかな。警察？ それとも消防？ あ、天馬《てんま》くんか早苗《さなえ》ちゃんに？ それより、お姉ちゃんのほうが——。

その瞬間《しゅんかん》、部屋のドアがガチャッと開く音がした。

「……っ⁉」

慌《あわ》ててゆーくんを迎《むか》える。

「ゆーくん！」

「あ、榎本《えのもと》さん……」

よかった。ゆーくんは無事だった。

ものすごくばつが悪そうな顔で、引きつった笑《え》みを浮《う》かべる。

「え、えーっと。榎本《えのもと》さん。今日はゴメン。実は……」

と言い終わる前に、わたしは思わずゆーくんに抱《だ》き着《つ》いた。そして心の底から安堵《あんど》のため息を漏《も》らす。

「ゆーくん。よかった……」

「………」

ゆーくんは拍子《ひょうし》抜《ぬ》けしたような感じで、わたしの肩《かた》に手を置いた。

「ほんとにゴメンね。今日、どうしても天馬《てんま》くんたちの個展の設営を見たくて……」

「ううん。わかってるからいいよ」

なんかさっきまでのイライラ、なくなっちゃった。ゆーくんが帰ってきてくれた……それだけでいいよね。

だってわたし、ゆーくんのこと七年も待ってたんだもん。今更《いまさら》、何時間か待たされても気にしないよ。ちゃんとわたしのところに戻《もど》ってきてくれる。ゆーくんは、わたしの理想の人だもん。

「ていうか、個展に行ったのすぐわかったし」

「マジか。……まあ、そりゃそうだよね」

ゆーくんが気まずそうに視線を右往左往している。あっと気づくと、わたしは慌《あわ》てて身体《からだ》を離《はな》した。

「……ゆーくんのえっち」

「いや、それはしょうがないでしょ……」

ゆーくんは赤い顔で視線を逸《そ》らした。

(もうちょっと、こうしてたかったな……なんちゃって)

なんとなくそう思って、ちぇーっと独《ひと》り言《ご》ちる。

まあ、いっか。それよりも、わたしお腹《なか》空いた。ゆーくんも無事に帰ってきたし、さっそく晩御飯《ごはん》にしよう。

キッチンのお鍋《なべ》に火を入れる。冷蔵庫からサラダとパンを取り出した。

「ゆーくん。ご飯にしよ。それとも、先にお風呂《ふろ》にする？　ちゃんと沸《わ》いてるよ」

あ、今の新婚《しんこん》さんっぽいかも。

なんかきゅんとした。もしここで「ご飯？　お風呂《ふろ》？　それとも……」なんて言っちゃったら？　ダメダメ。それはダメ。だってそれは親友じゃないもん。ゆーくんに怒《おこ》られちゃう。

お鍋《なべ》のふたを開けると、美味《おい》しそうなカレーの香りがする。今日はすごく美味《おい》しくできたんだよ。ゆーくん、喜んでくれるかな？　この前みたいに、頭をなでてくれたりしないかなーって……。えへへ……。

「あ、ゴメン。俺、夕飯済ませてきちゃった」

――カレーをかき混ぜようとしたお玉が、カランッと落ちた。

わたしが固まっていると、ゆーくんが嬉《うれ》しそうに言った。

「天馬《てんま》くんたちに誘《さそ》われてさ。ジュエリーショップとか回ってきたんだけど、やっぱり東京ってすごいよね。榎本《えのもと》さんと行ったところもそうだったけど、品ぞろえがやばいんだよ。それに天馬《てんま》くんたちが他のメンバーと行くお店とかも連れて行ってくれてさ。すっごい花に合いそうなパーツばかり並べてあって……マジであの店、うちの地元にもできねえかなあ……」

「…………」

すごく早口だった。

ゆーくん、好きなものだとこういうときあるよね。わたしは「ふーん……」と言いながら、落としたお玉をシンクで洗った。

「それに榎本《えのもと》さんが言ってたじゃん。東京の人を相手にするんだし、身だしなみとか気を付けろって。確かになあって思って相談したら、天馬くんたちが流行りの店に連れて行ってくれたんだよ。天馬《てんま》くんたちが行ってる店で値段も手ごろなところがあったから、そこで揃《そろ》えてもらってさ。明日は、これ着ていくことにしたんだ」

ゆーくんがファッションショップのビニール袋《ぶくろ》を提《さ》げていた。すごく厚みがあって、本当に一式揃《そろ》えたんだなってわかる。

チクチクチクチクチクと、小さなトゲがわたしを刺《さ》していた。なんとなくだけど『ちっちゃな悪魔《あくま》みたいなひーちゃんが槍《やり》でチクチク刺《さ》してるとかおもしろそう』って思った。全然おもしろくないけど。

そしてゆーくんが洋菓子店《ようがしてん》っぽい紙箱を見せた。

「あと、榎本《えのもと》さんにお詫《わ》びっていうか、お土産《みやげ》っていうか。早苗さんが美味しいって教えてくれた店なんだけど、このドーナツ、マジで人気らしくてさ。この時間まで残ってたの奇跡《きせき》だなって思ったんだけど、あれって実は早苗《さなえ》さんが電話で取り置きとかしてくれてたのかな。やっぱり大学生のお姉さんって優《やさ》しいよなあって……」

「…………」

かき混ぜないカレーが、ゴボゴボゴボゴボと沸騰《ふっとう》していく。それをぼんやり見つめていると、ゆーくんが慌《あわ》てて火を止めようとする。

「ちょ、榎本《えのもと》さん⁉　カレー焦《こ》げてる匂《にお》いが……」

「……るさい」

わたしの声が聞き取れずに、ゆーくんがこっちに顔を寄せる。なんか雰囲気《ふんいき》違《ちが》うなあって思ったら、髪《かみ》も切ってきたらしい。整髪《せいはつ》料のすごくいい匂《にお》いがした。……もしかしなくても、天《てん》馬《ま》くんたちに連れていってもらったんだろうな。

（わたしが一人で待ってるって、わかってたくせに……）

脳内で、プチ悪魔《あくま》ひーちゃんたちが大きな爆弾《ばくだん》を取り囲んでいる。「どうする？」「やっちゃう？」って感じで槍《やり》でツンツンしている。そしてボス悪魔《あくま》ひーちゃんが、キランッと目を輝《かがや》かせて爆弾《ばくだん》を思いっきり貫《つらぬ》いた。


——プッツン、と何かが切れたような気がした。


「うるさあああぁぁぁぁぁあああああああああああぃッ‼」

ゆーくんの頭を摑《つか》んで、思いっきり捻《ひね》り上げた。

「あだだだだだだだだだだだだッ⁉　榎本《えのもと》さん痛い痛い痛ぃ⁉」

「うるさい、うるさい、うるさーい！　わたしの前で、天馬《てんま》くんたちとの楽しい思い出とか話すなああああああああああああああッ！」

悠宇《ゆう》くんがご近所さんゴメンナサイレベルの悲鳴を上げて、バタンッとキッチンの床《ゆか》に沈《しず》んだ。整髪料《せいはつ》でベタっとした手を、ゆーくんのパーカーでゴシゴシ拭《ふ》いた。

それから、ドンッと仁王立《におうだ》ちする。

「……ゆーくん。なんで今日、帰ってくるの遅《おそ》くなったの？」

「え？　いや、だから天馬《てんま》くんたちと……」

「個展の設営に行ったんだよね？　なんで終わった後も遊んできたの？　わたし、ずっとホテルで待ってたんだよ？」

ゆーくんが「あっ……」と、やっと自分の失言に気づいた。

「で、でも、一人じゃ東京の流行《はや》りとかわかんなかったし……」

「わたしと行けばいいじゃん。なんで他の人との思い出ばっかり大事にするの？」

「天馬《てんま》くんたちが誘《さそ》ってくれたのに、断るの悪いし……」

「ゆーくん、天馬《てんま》くんたちと会うことになったとき、わたしとの時間も大事にするって約束したじゃん！　天馬《てんま》くんたちより、わたしのほうが大事だって言ったよね⁉」

「そもそも今日は天馬《てんま》くんたちと会う予定で……」

「そして明日も個展に行くって言うんだよね？　いつわたしのこと考えてくれるの？　何時何分何秒？　地球が何周回ったら？」

「小学生みたいなこと言うなよ！」

「それはゆーくんのほうじゃん！　新しい友だちと遊ぶの楽しくて、わたしのことほったらかしにしてるんじゃん！」

「榎本《えのもと》さんも俺のこと無視して遊びに行けばいいだろ⁉」

「わたし、東京に友だちいないもん！」

「紅葉《くれは》さんがいるだろ⁉　たまには姉妹《しまい》水入らずで過ごせばいいじゃん！」

「はあ⁉ お姉ちゃんのことは嫌《きら》いだって何度も――」

ゆーくんが立ちあがった。

そして唇《くちびる》をぎゅっと噛《か》むと、感情に任せてわたしに怒鳴《どな》った。

「嘘《うそ》つけよ！ ほんとは紅葉《くれは》さんのこと好きなんだろ！ そっちがうまくいかないから、代わりに俺のこと構うんだろ⁉ 違《ちが》うか⁉」

「……っ⁉」

わたしは押し黙《だま》った。

それを図星と見て……ゆーくんはちょっとだけ悲しそうな顔をした。

「ずっと不思議だったんだよ。なんで榎本《えのもと》さん、俺みたいなやつのこと好きなのか。最初に月下美人のアクセ修理したけど、あんなことで好きになるわけないし。一年のときも榎本《えのもと》さんに好かれるようなことした記憶《きおく》ないし。『小学生の頃《ころ》の初恋《はつこい》だから』とか……高校生にもなって、そんなわけねえじゃん」

そして視線を外した。

その先にあるのは――こっちのテーブルに置《お》き変《か》えたゼラニウムの花鉢《はなばち》。

「この前のアクアリウムで、榎本《えのもと》さん言ったよな？ 俺は榎本《えのもと》さんのこと裏切らないって。だから好きなんだって。……それ、誰と比べてたんだ？」

心臓がドクンと跳《は》ねる。その無言が返答だった。

ゆーくんは最後に、全部の息を吐《は》き出《だ》すように叫《さけ》んだ。

「俺は、紅葉さんの代わりじゃない！　榎本《えのもと》さんの思い通りにはならないに決まってんじゃん！　ふざけんな！」

ハア、ハア、と荒《あら》い呼吸を繰《く》り返《かえ》す。

しんと静まったスイートルーム。近くの遊園地のイルミネーションで、窓の外がキラキラ明るい。そして焦《こ》げたカレーの苦い匂《にお》いが、肺を一杯《ぱい》にする。

「…………」

ＩＨコンロの温度が上がりすぎて、自動で止まった。

手が震《ふる》える。涙腺《るいせん》が緩《ゆる》む。わたしはすうっと息を吐《は》くと、ぎゅっと拳《こぶし》を握《にぎ》った。

「……くせに」

「え？」

ゆーくんが聞き返した瞬間《しゅんかん》――今度はわたしが吠《ほ》えた。

「わたしがいなきゃ、ゆーくんなんて何もできないクソ雑魚《ざこ》クリエイターのくせに‼」

「なあ……っ⁉」

ゆーくんが怯《ひる》んだ。

その隙《すき》に、わたしは鬱憤《うっぷん》を思いっきりぶちまけた！

「何なの⁉　自分ばっかり正しいみたいなこと言って！　なんか尤《もっと》もらしいこと言ってるけど、

わたしのこと忘れて遊んでたの正当化してるだけじゃん！　今、わたしとお姉ちゃんのことは関係ないよね！　なんで他人のゆーくんにアレコレ上から目線で言われなきゃいけないわけ⁉　自分のこと顧《かえり》みて言いなよ‼」

「あ、いや、その……」

「てか、わたしずっと怒《おこ》ってたんだよ⁉　最初にわたしのブレスレット修理した後、咲良《さくら》さんに言われて『初恋《はつこい》』のアクセ作るって言ったとき！　なんでわたしのせいみたいな感じでひーちゃんと勝手に喧嘩《けんか》してんの⁉　わたし、ゆーくんたちがイチャつくための道具じゃないんだよ⁉　そのこと謝ってもらってないよね⁉」

「そ、それは……え、怒《おこ》ってたの？」

「そうだよ！　なんかみんな『凛音《りおん》はいい子だから許してくれるもんねー』みたいな空気になってさ！　学校の女の子にアクセ壊された後も、ひーちゃんと仲直りするの手伝ったよね！　それも『榎本さんありがとう』……………って、それだけ⁉　ひーちゃんのこと意識しちゃった助けてって言ってきたときも、お姉ちゃんのときも応援してあげたじゃん！　これだけ敵に塩を送ってあげて、この旅行中だけわたしを一番にしてってお願いしたら『俺は紅葉さんの代わりじゃねえ』って――――い、いい、ふざけんなは、こっちの台詞《せりふ》だよ‼」

「あ、えっと……」

ゆーくんが完全に怯《ひる》んだのをいいことに、わたしはトドメを刺《さ》す。両腕《りょううで》を組んで、どーんと胸を張って威嚇《いかく》した。

「人から助けてもらわなきゃ何もできないくせに、一丁前にクリエイター気取ってバカみたいだよね！　ゆーくん、自分の力だけでアクセ売ったことあるの⁉　役割分担とかそれらしいこと言って、ほんとはひーちゃんに甘えてるだけじゃん！　そんなのが芸能人のお情けで個展に出たって、どうせ一個も売れなくて惨《みじ》めなだけだよ‼　経験値《けいけんち》（笑）《かっこわら》！」

「……っ⁉」

完全に勢いが消えていたゆーくんが、その一言で再び燃え上がる。さすがにアクセを侮辱《ぶじょく》されたら、黙《だま》ってられないみたい。さすが生粋《きっすい》のクリエイター（笑）だね。

ゆーくんが額に青筋を浮《う》かべながら、わたしに突《つ》っかかる。

「榎本《えのもと》さん……言ったな？」

「言ったけど？　悔《くや》しいなら、世界一可愛《かわい》いカノジョ（笑）が送ってきた在庫くらい余裕《よゆう》で完売してみなよ！」

「ああ、わかったよ！　全部、売ってやる！　そしたらこれまでの借り、全部チャラな！」

「いいよ。どうせ無理だもん。ただし、売れなかったらどうする？　まさか、自分だけご褒美《ほうび》があるとは言わないよね？」

「わかった。一つでも売れ残ったら、榎本《えのもと》さんの言うこと何でも聞く。それでどう？」

「ふーん……？」

わたしはその言葉に、にやっと口角を上げる。

「わたしと付き合えって言っても？」

「……っ⁉ あ、ああ。いいよ。何でもだ！」

「形だけじゃないよ。学校では公表するし、デートもキスもえっちも恋人《こいびと》同士ですること全部わたしの理想通りに演出してね」

「おま、ちょ、それは…………ああもう、わかったよ‼ やりゃいいんだろ⁉」

スマホの録音アプリを立ち上げて、ゆーくんに突《つ》き出《だ》す。

「はい。誓約《せいやく》」

「うっ……俺、夏目《なつめ》悠宇《ゆう》は、天馬《てんま》くんたちの個展でアクセを完売できなかったら、榎本《えのもと》さんと付き合います」

そのまま、スマホをわたしに口元に近づける。

「わたし、榎本《えのもと》凛音《りおん》は、ゆーくんが個展でアクセを完売したら、これまでのことを全部水に流し、もう二度と何かを要求したりしません」

録音を止める。

二人でじーっと睨《にら》み合《あ》って――フンッと顔を背《そむ》ける。

それから二人で無言で焦《こ》げたカレーを平らげて、二人で無言でテレビのチャンネルを取り合って、二人でお風呂《ふろ》の順番を競《きそ》って、最後に無言でベッドに入った。

そこでようやく、ゆーくんが口を開いた。

「てか、榎本《えのもと》さん邪魔《じゃま》。ここ、俺のベッドだし」

「はあ？　わたしのお姉ちゃんが取ったんだから、わたしのベッドじゃん」

「俺が一緒《いっしょ》だからって、紅葉《くれは》さんがいい部屋を取ったんだろ。つまり俺のベッド！」

「最初にわたしがホテル取ってって頼《たの》んだんだから、わたしのベッドに決まってるじゃん。ゆーくん、外で野宿でもしてなよ！」

ブランケットを引っ張り合いながら、ゆーくんがボソッと言った。

「……昨日は『にゃん♪』とか言ってたくせに」

「〜〜〜〜〜〜〜〜〜〜〜〜〜っ⁉︎」

それからずっと枕《まくら》での攻防《こうぼう》戦が繰《く》り広《ひろ》げられた。わたしたちが疲《つか》れて眠《ねむ》ったのは……明け方くらいだったと思う。

……ゆーくんなんて、ぜっったいにゆるさない！

Ⅷ

〝あなたと一緒なら心が和らぐ〟

♣♣♣

東京、六日目。

個展の当日、朝から渋谷《しぶや》に到着《とうちゃく》した。

……眠《ねむ》い。マジで寝不足《ねぶそく》だ。いや、これは俺のせいだ。ベッドの取り合いのとき、うっかり榎本《えのもと》さんの黒歴史を踏んでしまった。プッツンしてたとはいえ、反省。

例のスタジオには、個展の開始一時間前に入った。天馬《てんま》くんたちはすでにスタンバイしていて、テーブルにアクセや装飾《そうしょく》が飾《かざ》り付《つ》けてあった。

「あ、夏目《なつめ》くん！　今日は凛音《りおん》ちゃんも……二人とも、どうしたの？　目の下のクマとかすごいけど……」

俺たちの様子を見て、天馬《てんま》くんがぎょっとした。

「別に……」

「何でもない……」

二人でフンッと顔を背《そむ》けると、早苗《さなえ》さんがお盆《ぼん》を持ってやってきた。

「二人とも、これ飲んでください。気分が楽になりますよ」

素直《すなお》に頂いた。俺はコーヒーブラック。榎本《えのもと》さんは紅茶。……相変わらず、好みが見抜《みぬ》かれている。

榎本《えのもと》さんを無視して、俺は天馬《てんま》くんのテーブルを見にいった。

「天馬《てんま》くん。俺、遅《おそ》かった？」

「いや、このくらいでいいよ。ボクらはインスタとかTikTokで事前告知しなきゃいけないから早く出てるだけなんだ」

あ、なるほど。

天馬《てんま》くんや早苗《さなえ》さんが、飾《かざ》り終わったテーブルを動画に収めている。俺も自分のアクセを飾《かざ》り付《つ》けながら、その様子を見学させてもらった。

「……飾り付けはこんな感じかな」

アカウントを教えてもらって、その告知動画をチェックさせてもらった。煌《きら》びやかなアクセのムービーと一緒《いっしょ》に『早くみんなの顔が見たいな』と一言添《そ》えている。……ついでに『今日は新しいゲストもいるから、楽しみにしててね』と付け加えられていた。

「天馬《てんま》くん。これ、俺のこと？」

「うん。夏目《なつめ》くん、けっこうボクらのファンから好かれそうな顔してるよね。今回だけと言わず、ずっと一緒《いっしょ》にやれたらいいのに」

「いやいやいや。そういう冗談《じょうだん》はちょっと……」

「うーん。冗談《じょうだん》のつもりじゃなかったんだけど……」

さすがにお世辞だろ……。

でも、そう言ってくれるのは素直《すなお》に嬉《うれ》しい。俺は地元から出るつもりはないけど、もしまたそんな機会があればどんなにいいことか。

とか言っていると、榎本《えのもと》さんが後ろでキシャーッと威嚇《いかく》している。天馬《てんま》くんが苦笑《くしょう》しながら、そっちに聞こえないように俺に耳打ちした。

「夏目《なつめ》くんを取っちゃうと、凛音《りおん》ちゃんから嫌《きら》われちゃいそうだしね」

「いや、そういうのやめて……」

「というか、本当にどうしたの？　昨日、仲直りしたんじゃ……？」

「俺もよくわかんないけど、なんか地雷《じらいふ》踏んだみたいで……」

「そっか。まあ、それでも一緒《いっしょ》にくるんだから仲いいよね」

「マジでやめて」

完全に茶化されてしまっている。そもそも、俺と榎本《えのもと》さんの関係ってどう思われてるんだろうか。紅葉《くれは》さんの妹って言ってるし、そんなに違和感《いわかん》ないのかな。

さっきの個展の事前告知も、すぐにファンの子たちからの「天くんと会えるの楽しみ～」や「仕事終わりに行きます！」というコメントで一杯《ぱい》になった。さすが芸能人……いや、これは天馬《てんま》くん自身の魅力《みりょく》なんだろう。どのコメントも温かみに溢《あふ》れている。

この人たちが全員、この小さなスタジオにくるのか。そう考えると、早くもドキドキしてきた。こんなんで、今日一日、大丈夫《だいじょうぶ》なのか？

ややあって、二人の女性がやってきた。どちらも垢抜《あかぬ》けた印象だ。早くもお客さんかなと思って緊張《きんちょう》したけど、昨日、天馬《てんま》くんから聞いていたアルバイトの子たちだった。

二人と挨拶《あいさつ》を交《か》わして（こっちはやけに榎本《えのもと》さんとの関係を聞いてきた）、俺もアクセの設営を完了《かんりょう》した。

軽く段取りを打ち合わせしながら、その一人が天馬《てんま》くんに外の様子を報告する。

「ペガさん。もう外、並んでましたよー」

「あっ。ありがとね」

並んでるって何が……と思ってスタジオの窓から覗《のぞ》いた。すると女性の脚《あし》が、ずらっと並んでいる。ぎょっとして顔を引っ込めた。

……そういえば、ここって半地下だった。びっくりした。

「あはは。夏目《なつめ》くん、いいリアクションだね」

「み、見られてないかな。セクハラとか言われたら……」

「大丈夫《だいじょうぶ》だよ。悪気があったわけじゃないし、そもそも気づいてないさ」

榎本《えのもと》さんのじとーっとした視線は背中に刺《さ》さるんだよなあ……。いや、そもそも喧嘩《けんか》してんだから、こういうのまで目くじら立てないでよ。

しかし、土曜日とはいえ、こんなに早くからあれほど並ぶとは思わなかった。これが天馬《てんま》くんの知名度……あるいは、アクセのリピーターってことか？

「ふふ。天馬《てんま》くん、すごいですよねえ」

「あれ？　早苗《さなえ》さんのファンもきてるんじゃないんですか？」

「外に並んでるのは、ほとんど天馬《てんま》くんのファンの子たちですよ。私は芸能人と言っても、ほぼ無名のまま解散しちゃいましたから。ほら、Twitterとかもフォロワー少ないでしょう？」

スマホでアカウントを見せてもらった。

確かに元アイドルという肩書《かたがき》にしては心許《こころもと》ないような……いや、世間の基準とかわからないから、言われたことを素直《すなお》に信じるしかないんだけど。

「クリエイターとしても駆《か》け出《だ》しだから、リピーターはそれほど見込めませんね。だから正直に言うと、個展は天馬《てんま》くんのコバンザメみたいな立ち位置なんです」

「コバンザメ……」

いや言い方……。

コーヒーを飲みながら、俺は疑問を口にした。

「そういえば、早苗《さなえ》さんはどうして紅葉《くれは》さんと？」

「ああ。元々、うちのダンスユニットってあまり人気なかったんですよ。私が最年少でアイドルとしては若くなかったし、かといってダンスもそれほど本格派というわけでもありませんでした。冷静に思い返せば、マイナー止まりだったのも納得《なっとく》と言いますか……」

「へえ。そういうグループもあるんですね」

「テレビとかに出ているアイドルは氷山の一角……ほんの一握《ひとにぎ》りの選ばれた人たちだけですから。むしろ、私たちのようにマイナーのまま消える人のほうが多いですよ」

世知辛《せちがら》いことを言いながら、早苗《さなえ》さんは苦笑《くしょう》した。

「私は特に人気なかったんですけど、物販成績《ぶっぱんせいせき》だけはよかったので。ユニット解散のとき、それを認めた紅葉《くれは》さんに声を掛《か》けられたんです。もともと天然石は大好きだったし、他にやりたいこともなかったので……」

「物販成績《ぶっぱんせいせき》？」

「ライブ後のグッズ販売《はんばい》のことです。私たちのユニットは、本人が直接、ファンの方々に手売りする方式だったので」

「あ、なるほど。そういうのもあるんですね」

アイドルの事情とか、漫画《まんが》とかで描《えが》かれるくらいしか知らない。あまり詳《くわ》しくないから、イマイチ想像はつかないけど。

つまり早苗《さなえ》さんは、アイドルとしてはそれほど知名度は高くないということか。そして本人の言を信じるなら、クリエイターとしては天馬《てんま》くんの人気にあやかる形で個展に参加しているということになる。

（……早苗《さなえ》さんも、俺と同じように何かを得るために個展に参加してるのかな）

そう思うと、なんとなく勇気づけられるような気がする。

俺は自分の頰《ほお》をパンッと叩《たた》いて、自分に活を入れた。俺と日葵《ひまり》の関係が賭《か》かってるんだし、俺も「楽しい」ばかりじゃなくて何かを見定めなくては。

ちょうど10時——個展が始まった。

♣♣♣

開始すると、さっそくお客さんが入ってきた。

メイン層は、大学生～社会人のお姉さんって感じだ。次いで高校生が数組と……中学生も一組だけいた。すごく嬉《うれ》しそうに、お目当ての天馬《てんま》くんへ声をかける。

「天くーん、久しぶりーっ！」

「ペガー、きたよーっ！」

ただ、その熱量と反して行動は落ち着いていた。すぐに天馬《てんま》くんのほうに駆《か》け寄《よ》ることもなく、慣れた感じで順番に受付を済ませている。暗黙《あんもく》のルールをすでにわかっていた。このことから、この行列組の女性たちは個展のリピーターなのだとわかる。

受け付けを終わらせたお客さんたちを、天馬《てんま》くんも嬉《うれ》しそうに迎《むか》えた。

「こんにちは、ショウコさん。あれ？　ちょっと髪《かみ》の色、変えた？」

「あ、そうなのー。新しいサロン、いい感じのところ見つけてさー。勧《すす》められたから、こっちに変えてみたんだー」

「そういえば、引《ひ》っ越《こ》すって言ってたもんね。その色もすごく似合ってるよ」

「ありがと〜っ」

うわあ、すげえ……。

一瞬《いっしゅん》で天馬《てんま》くんワールドって雰囲気《ふんいき》だ。まあ、それもそうか。さっきの説明からすると、これは二人の個展ではなく、天馬《てんま》くんの個展だ。混雑を抑《おさ》えるために、最初の行列組は数人ずつに分けて入場するシステムになっているようだった。

別のお客さんも、天馬《てんま》くんに和気あいあいと話しかけている。そのすべてに、天馬《てんま》くんは丁《てい》寧《ねい》に対応していた。

すごいと思ったのは、天馬《てんま》くんが彼女たち全員の顔、そして以前の会話を覚えていることだった。あまりに自然すぎて、まるで「昨日も会ってたんじゃ？」という疑惑《ぎわく》すら覚える。

給仕《きゅうじ》アルバイトの子が、一人一人にドリンクを渡《わた》していった。

そこで気づく。事前に言われていた『ワンドリンク制』『午前中は20分交代』……と、普通《ふつう》の個展としては違和感《いわかん》があるルールだと思ったけど、それも納得《なっとく》だ。

このお客さんたちは、アクセを買いにきたんじゃない。あくまで天馬《てんま》くんに会いにきたのだ。

おそらく、アクセはそのための通行手形のようなものなのだろう。

アクセが二の次という事実……もしかしたら、夏休み前の俺だったらモヤッとしていたかもしれない。でも、今なら素直《すなお》に見ることができる。

（……これも紅葉《くれは》さんが言っていた、プロとしての武器ってことなのか）

アクセの品質以外の部分で差をつける。

著名人が小説を刊行したり、タレントが選挙に出馬したりする。これは、そういう部類のものだ。ルールとして問題はない。

夏休みの一件から紅葉《くれは》さんが俺たちに提案していたのは、天馬《てんま》くんのこの形だ。

日葵《ひまり》が芸能事務所に入って、有名になる。その宣伝力を駆使《くし》して、俺のアクセを売る。それがいかに効果的かということを見せつけるために、紅葉《くれは》さんはこの個展に誘導《ゆうどう》したのだろう。

（くそう。ぶら下げられたニンジンが、すげえ美味《うま》そうだ……）

いや、惑《まど》わされるな。

紅葉《くれは》さんの思惑《おもわく》を察することができたとして、それに乗るかどうかという選択《せんたく》じゃない。紅《くれ》葉《は》さんの誘《さそ》いを逆手にとって、俺にも吸収できるようなものを得る。そのために、この個展に参加したんだから。

……しかし、見事に天馬《てんま》くんの独壇場《どくだんじょう》だなあ。

お客さんは入場すると、まず天馬《てんま》くんとの会話を楽しむ。それから新作の髑髏《どくろ》リングを紹《しょう》介《かい》される。一人が一個ないし、数個を購入《こうにゅう》する。そしてにこやかに退場だ。

この『午前中は20分交代』というルールの中では、それで一杯一杯《いっぱいいっぱい》だ。とても俺たちのほうに興味を移す余裕《よゆう》はない。天馬《てんま》くんが他のお客さんと話している間にちらっと見にくる人はいるけど、あくまでそれだけだ。アクセについて話しているようなヒマはない。

(これ、もしかして一日中こんな感じなのかな……)

だとしたら、どういうことになるのだろう。この状態で何かを得ろって言われても困るっていうか、マジで何もできずに終わりそう……。

俺は20個のアクセを完売しなきゃいけないのに……おい榎本《えのもと》さん。にまーっと勝《か》ち誇《ほこ》った顔で俺を見てんじゃないよ。

「ゆーくん。約束、覚えてるよね？」

「わ、わかってるし。いちいち言わなくていいから」

あと宣誓《せんせい》を録音したスマホをちらつかせんのやめろし。俺は憮然《ぶぜん》としながら、スタジオを見《み》渡《わた》した。

　これは、マジで売らないと……。

「……んん？」

　給仕《きゅうじ》アルバイトの子が、メモの切《き》れ端《はし》を渡《わた》してきた。それには向こうのテーブルでニコニコ微笑《ほほえ》んでいる早苗《さなえ》さんのメッセージが書かれている。

『私たちの仕事はお昼からです。安心してください』

　ぎょっとして視線を送ると、目が合って小さく手を振《ふ》られた。

　……え？　そんなにわかりやすく顔に出てた？　俺がソワソワしていると、なぜか隣《となり》の榎本《えのもと》さんがじーっと見ているのに気づく。

「え、榎本《えのもと》さん。どうしたの？」

「ゆーくん。早苗《さなえ》ちゃんと仲よさそうだね。わたしといるときより楽しそう」

　何をおっしゃるんですかね、この子は。

　なんか月下美人のブレスレットも、一緒《いっしょ》にじと一っと見ている気がする。こいつ、自我《じが》があるどころか完全に榎本《えのもと》さん贔屓《びいき》だろ。

　――ずっとそんな感じで、二時間が経過した。

　行列組が途切《とぎ》れた。

それを機に、天馬《てんま》くんが一息つく。バイトの子たちに指示して、表に『休憩中《きゅうけいちゅう》』の札を下げてもらう。

申し訳なさそうな顔で、俺に言った。

「ずっとお客さんの対応しててゴメンね。隙《すき》があったら、夏目《なつめ》くんのアクセも紹介《しょうかい》しようと思ってたんだけど……」

「いや、それは気にしてないし、俺は自分で完売しなきゃいけないから……」

「え？　なんで？」

「あー。ちょっとね……」

実は俺、今のカノジョとの関係を賭《か》けてアクセ完売勝負を……って、説明できるか！

どちらにせよ、これは俺の未熟だ。

俺のアクセに興味を引き寄せることができない時点で、そういう判定になるのは当然だ。アクセが売れないのを人のせいにして、この先やっていけるはずがない。

早苗《さなえ》さんがフォローしてくれる。

「大丈夫《だいじょうぶ》ですよ。夏目《なつめ》くんは落ち着いてますから」

「落ち着いてるっていうより、まだ始まったばかりなので何をしていいのか……」

ただ驚《おどろ》いたのは、早苗《さなえ》さんもほとんど販売《はんばい》できていないところだった。

俺が新顔だから売れないのは道理だとしても、早苗《さなえ》さんは違《ちが》う。さっきの口ぶりだと、何度か天馬《てんま》くんとこうして個展を開いているはずだ。天馬《てんま》くんが同じ手法で販売実績《はんばい》を積んでいるかいるというなら、そのリピーターたちは早苗《さなえ》さんのことも知っているはず。

と、早苗《さなえ》さんが俺の顔を覗《のぞ》き込《こ》んだ。

「夏目《なつめ》くん？　一緒《いっしょ》に個展に出品してるはずの私のアクセが売れないのはどうしてだろうって考えてますね？」

「えっ⁉」

ドキッとして、慌《あわ》てて誤魔化《ごまか》そうと考える。

でもすぐに意味はないと悟《さと》って、素直《すなお》に白状した。なぜか早苗《さなえ》さんの前では、何を言っても見透《みす》かされるような謎《なぞ》の雰囲気《ふんいき》を感じる。……雲雀《ひばり》さんや咲姉《さくねえ》さんのような恐《こわ》いタイプの圧じゃなくて、なんかこう、自然に白旗を上げちゃう感じ。

「は、はい。早苗《さなえ》さんは何度もこの個展にアクセを出してるのに、リピートしてもらえないのかなって……失礼なこと考えてすみません」

怒《おこ》られるかなって思ったけど、早苗《さなえ》さんはころころと笑った。

「いいんですよ。自分の未熟さは、私も自分でよくわかっていますから」

天馬《てんま》くんもつられるように笑う。

「夏目《なつめ》くんは心根が優《やさ》しいね」

「いや、そんなわけじゃ……」

「謙遜《けんそん》することはないよ。やっぱり同じ志《こころざし》を持つクリエイターでも、生存競争の中で生き残らなきゃいけないライバルだからね。他人の失敗を喜ぶ人たちだって多い。そうやって他人を気遣《きづか》えるのは天性の資質だ」

「…………」

それはむしろ天馬《てんま》くんたちのほうなんだけど。……なんとなく野暮《やぼ》になるような気がしたから、それは言わない。

しかし、天馬《てんま》くんたちと話せば話すほど、その器《うつわ》の大きさに驚《おどろ》いてしまう。俺と同年代なのに、こういうことをまっすぐ言える度胸がすごい。俺だったら、絶対に恥《は》ずかしくて言えないだろう。

これがクリエイターとしてじゃなくて、人間としての経験値の差なんだろう。元アイドルって言えば煌《きら》びやかなイメージを持つけど、ここ数日で俺なんかより辛《つら》い経験もしたことは聞いてるし。

……そう考えると、俺が他人のことをアレコレ考えるのは失礼だって思い知ってしまう。

この個展に誘《さそ》ってくれた二人のためにも、俺は自分の能力を知ってもらいたい。そしてできれば、天馬《てんま》くんたちに『対等なライバル』だって認めてもらいたい。あと、ついでにアクセも完売したい。

そのためには――。

「これからは『20分交代』のルールがなくなりますからね。多少はお客さんにアピールできる時間もできます。私も夏目《なつめ》くんに『対等なライバル』だって思ってもらえるように頑張《がんば》らなきゃ、ですね？」

「え……」

早苗《さなえ》さんが何気なく述べた励《はげ》ましに、俺はぽかんとした。

俺の視線を受けて、早苗《さなえ》さんは不思議そうに首を傾《かし》げて見せる。やがてハッとすると、顔を真っ赤にして慌《あわ》てだした。

「す、すみません。もしかして私、見当違《けんとうちが》いなこと言っちゃいました……？」

「いや、その……」

見当違《けんとうちが》い？　まさか。その逆だ。まるで俺の考えてることを読んだかのような言葉に、俺はつい驚《おどろ》いてしまったのだ。

外に出てたバイトの子たちが戻《もど》ってくる。お洒落《しゃれ》サンドイッチのお店の紙袋《かみぶくろ》と、これまたお洒落《しゃれ》なドリンクを大量に抱《かか》えていた。

「お昼、買ってきましたー」

「ありがとう。それじゃあ、軽くお腹《なか》に入れて午後に備えようか」

天馬《てんま》くんの言葉に、俺たちは新しくテーブルを準備した。それに食事を広げながら、俺は首を傾《かし》げた。

早苗《さなえ》さんへの違和感《いわかん》の正体を、俺は直《じき》にわかることになる。

♣♣♣

また天馬《てんま》くんファンが押し寄せるのかと思ったけど、言うとおり午後の来場者は落ち着いていた。

昼休憩明《ひるきゅうけい》けに並んでいたのは数名で、その子たちは時間制限を設けずに中に入れる。午前中に訪《おとず》れたお客さんたちよりも、ちょっと年齢層《ねんれいそう》が高めだった。

ある女性客は穏《おだ》やかに天馬《てんま》くんとの会話を楽しんだ後、アクセのほうに興味を移した。しばらく天馬《てんま》くんの髑髏《どくろ》リングについて話すと、その一つを購入《こうにゅう》する。

さっそくその髑髏《どくろ》リングを指にはめ、手慣れた感じで天馬《てんま》くんと自撮《じど》りツーショットを撮《と》った。かなり親しそうな常連さんだ。

天馬《てんま》くんがその女性を連れて、俺のほうにきた。ドキッとして身構えると、にこやかに紹《しょう》介《かい》してくれる。

「ナギサさん。この子が例の新しい友人だよ」

「あら。初めまして」

いきなり「例の」なんて言われて、俺の顔が熱くなる。

なんか言わなきゃ……と思って口をパクパクさせるけど、まったく言葉が出てこない。俺の美人さん苦手レーダー健在！　こんなんでマジで完売できるのか⁉

「あ、いや、……ど、どうも」

やっとこさ言葉を絞《しぼ》り出《だ》した瞬間《しゅんかん》、なぜか天馬《てんま》くんと榎本《えのもと》さんが、同時に「ぶふうっ⁉」と噴《ふ》き出《だ》した！

（え、何々⁉　今の俺、そんなに挙動不審《きょどうふしん》だった⁉）

心臓をバクバクさせていると、その女性がキョトンとしていた。そしてクスクスと微笑《ほほえ》むと、今度は優《やさ》しい感じでアクセのことに触《ふ》れる。

「素敵《すてき》なドライフラワーね」

「……っ⁉　ありがとうございますっ！」

俺は顔を上げると、大声でお礼を言った。彼女が「触《さわ》っても？」と言って手にしたのは、コルチカムの花を使ったヘアバンドだ。

「これ、頂戴《ちょうだい》してもいいかしら？」

「もちろんです！」

慌《あわ》ててお会計をした。

すると天馬《てんま》くんが俺に言う。

「夏目《なつめ》くん。名刺《めいし》とか持ってない？」

「あ、そうだった！」

日葵《ひまり》がアクセと一緒《いっしょ》に送ってくれた名刺を、俺はその人に渡した。

さすが日葵《ひまり》だよな。俺の世界一可愛《かわい》いカノジョにして運命共同体《きょうはん》だ。俺がいつどんな忘れ物するか、バッチリ見抜《みぬ》いて——何それめっちゃ恥《は》ずかしいッ！

「こ、ここ、こちらのインスタに、他の商品も載《の》ってます……」

「ありがとう。頂いておくわね」

受け取ってくれて、ホッとした。

その人は天馬《てんま》くんに「このリング、Twitterにのせるね」と言って、手を振《ふ》って行ってしまった。スタジオにいる他の女性客たちが「わあ、綺麗《きれい》」「あの人……」とか言いながら、その後ろ姿を見送っていた。

……あの人、どっかで見たことあるような。遅《おく》ればせながらそんなことを思っていると、彼女を見送った天馬《てんま》くんが戻《もど》ってくる。

そして可笑《おか》しそうに言った。

「もしかして夏目《なつめ》くん、あの人のこと気づかなかった？」

「え？」

さっきの女の人のことだよな？

いや、俺も見覚えあるなあって思ってたところだ。でも、俺に東京の女性で知り合いは紅葉《くれは》さんだけだろう。

「……まさか今の人、紅葉《くれは》さんが変装を⁉」

「違《ちが》う、違《ちが》う！　そういう意味じゃないよ！」

なぜかさらに笑った。

いや、そんなに面白《おもしろ》いこと言ってないだろ？　それとも、俺の感性が日葵《ひまり》ナイズされているだけで、今の爆笑ポイントだった？　『相席食堂』なら「ちょっと待てぇえ！」ってなるところだったのか⁉

とか一人で盛り上がっていると、隣《となり》の榎本《えのもと》さんが緊張《きんちょう》から解放されるように胸をなで下ろしていた。

「ゆーくん。今の人、女優の米川渚《よねかわなぎさ》さんだよ」

「…………」

その意味が、ぐわっと頭の中を駆《か》け巡《めぐ》る。その単語を記憶《きおく》に照らし合わせると、思わず大きな声が出てしまっていた。

「月曜のあのドラマに出てる人⁉」

「そうだよ。主演女優さん。去年の映画から、今すごくキてるって言われてる」

「それは知ってる。日葵《ひまり》のやつがめっちゃ好きって言ってたし……」

同時に、さっきの俺の言動がありありと脳内にプレイバックする。まさかの人気女優を相手に、初対面で「どうも」とか何様のつもりなの⁉

俺が顔を手で覆《おお》って「うわあぁぁあ」と死にたくなっていると、天馬《てんま》くんが励《はげ》ますように肩《かた》を叩《たた》いた。

「そんなに気にしなくて大丈夫《だいじょうぶ》だよ」

「で、でも舐《な》めたやつだって思われたら……」

「そんなことないって。向こうも『気づかないんだなあ』くらいにしか思わないから」

「それがむしろハズいんですけど……」

芸能人のお忍《しの》びとか、マジであるんだな。しかもこんなあっさりとしたエンカウント。てか、芸能人ってオフのときはマスクとかサングラスで顔を隠《かく》さな……あ、俺をここに連れてきた人気モデルもオープンスタイルでしたね。

すごいな、東京。さながら芸能人の地雷平原《じらいへいげん》みたいだ。もしかしたら、気づかなかっただけでここ数日も同じようなことがあったのかもしれない。

嗚呼《ああ》、日葵《ひまり》。俺の世界一可愛《かわい》いカノジョ。俺、もう平和な地元に帰りたいよ……。そのためにはアクセ完売しなきゃいけないんだけど。

「天馬《てんま》くん、すごいね。あんな人とも知り合いなんだ……」

「前に友だちの舞台《ぶたい》を見にいったとき、席が隣《とな》り合《あ》ったんだ。それからすごくよくしてもらってるよ」

「へ、へえ。そのコミュ力がマジで羨《うらや》ましい……」

俺だったら、たとえ知り合えたとしてもそこでお終《しま》いだ。友人関係っていうのは、繋《つな》ぎ続けるのに努力とセンスが必要だからな……。

「ちなみに紅葉《くれは》さんとは犬猿《けんえん》の仲だから、また機会があったときは名前を出すのはやめておいたほうがいいかもね」

「それはどっちかと言えば聞きたくなかったなあ……っ！」

これから米川渚《よねかわなぎさ》のドラマ見るたびに「この人、紅葉《くれは》さんのこと嫌《きら》いなのかあ……納得《なっとく》」みたいな雑念が頭を過り続けるんだよな。……俺って推《お》しの私生活とか知りたくないタイプだったみたいだ。

「でも、天馬《てんま》くんのおかげで一つ売れた……」

「あはは。そんな大層なことはしてないよ」

午後が始まって、さっそくの一つ。午前中は「このまま一つも売れないかも」とか思ってたけど、これは幸先《さいさき》がいい。

榎本《えのもと》さんが脇《わき》を小突《こづ》いてくる。やめろ、俺の弱点だって言ってんだろ！

「ゆーくん。自分で売るんだよ？」

「わ、わかってるよ。天馬《てんま》くんに全部売ってもらおうとか思ってないから」

めっちゃ強調してくるし。てか、当たり前じゃん。天馬《てんま》くん頼《だの》みなら、日葵《ひまり》とやってるときと変わらない。俺は自分だけの力で得られるものを探してるんだ。

そこへ早苗《さなえ》さんがやってきた。

「米川《よねかわ》さん、今日もお綺麗《きれい》でしたね」

「あ、早苗《さなえ》さん。お客さんは？」

「いったん全員お帰りになりました。次のお客さんがいらっしゃるまで待機ですね」

そういえば、早苗《さなえ》さんは米川渚《よねかわなぎさ》と話してなかったような……。

「早苗《さなえ》さんは、米川さんと話さなくてよかったんですか？」

「あはは。私は紅葉《くれは》さん派閥《はばつ》と認識《にんしき》されちゃってますから……」

あ、そういう……。

てか、まあ、それが普通《ふつう》なんだろうな。やはりすごいのは天馬《てんま》くんのコミュ力ってことだ。

「早苗《さなえ》さん。夏目《なつめ》くん、アクセ売れたよ」

「わ、それはよかったです！」

嬉《うれ》しそうにしてくれて、俺も心が和《なご》む。

「早苗《さなえ》さん、さっき何人かお客さんがアクセ見てましたけど」

「あ、はい。おかげさまで5個、買って頂けました」

ぐはあっ！

いつの間に!?　俺が初めてのお客さんに混乱している間に、すげえ戦果を上げている。さすが早苗《さなえ》さん、個展の数をこなしているだけはある。

そうやっているうちに、次のお客さんがドアを開けた。俺たちはすかさず会話をやめると、それぞれの持ち場に戻《もど》るのだった。

♣♣♣

そして午後の部が過ぎていった。

気が付けば、もう17時になっていた。いったん収まっていたお客さんたちも、また少しずつ多くなっている。昼下がりは若い客層が増えたと思っていたら、今度はＯＬ風のお姉さま方が来場するようになっていた。どうやら、仕事帰りの人たちのターンということらしい。

と、冷静に分析《ぶんせき》したところで、この結果は変わらない。

俺は昼間からほとんど変化のないテーブル上を見て思った。

――アクセが売れない。

まったく、ではない。少しは売れている。

……そう、少しだけだ。ほんの、2、3個。それも、すべて天馬《てんま》くんが紹介《しょうかい》してくれたお友だちが義理で買っていってくれたもの。……俺は気づかなかったけど、また芸能人が何人かいたらしい。

とにかく、アクセが売れない。俺は一人で頭を抱《かか》えていた。

(これじゃあ、榎本《えのもと》さんにディスられるのも当然か。このままじゃ……ん？)

隣《となり》の榎本《えのもと》さんが、タタタタッとスマホに何かメモっている。ものすごく真剣《しんけん》な表情だ。鬼気《きき》迫《せま》るほどの鋭《するど》い眼差《まなざ》しに、俺はドキッとした。

もしかして榎本《えのもと》さん、この現状を見かねて何か打開策を調べてくれてる？ ……なんだ。やっぱり榎本《えのもと》さんは優《やさ》しい。昨日は本気で俺のことボロクソけなしてたのかと思ったけど、実は俺を焚《た》き付《つ》けるためにわざと悪役《ヒール》を演じて……。

ちらっとスマホが目に入った。

『ゆーくんミラクルエスコートプランニング』

あ、これ罰ゲーム後のデート《お付き合い》プランっすね……。

榎本《えのもと》さん、すでに勝利を確信している。もう俺のこと眼中にないくらい真剣《しんけん》に理想のデートプラン練ってるもん。いったい、どんな悪魔《あくま》的プランを……えーっと、何々？ 『ゆーくんが車の免許《めんきょ》を取って海岸線をドライブした後、夕日に照らされながら初めてのキス//』……って平成か!! とても令和の高校生のチョイスとは思えん……。

俺の視線に気づくと、榎本《えのもと》さんがささっとスマホを隠《かく》した。そしてほんのり頰《ほお》を染めて照れた様子で言う。

「ゆーくん。恥《は》ずかしいから見ちゃダメ……」

「恥《は》ずかしいの基準がふわっふわしてやがる……っ！」

ほんとに一昨日、ベッドの中でにゃんにゃん言ってたのと同一人物なのか？　そこに書いてあるムーディーな要求とのギャップで風邪《かぜ》ひきそうだ。

そもそも分刻みのスケジューリングとか、初めての修学旅行の自由時間かよ。当日はマジで寝坊《ねぼう》できないやつじゃん……。

勝負の圧が、時間を追うごとに大きくなっていく。

対して天馬《てんま》くんは、順調にアクセを捌《さば》いていた。

夕方からのお客さんに備えて、さっき3個めのストックの段ボールを開けた。累計《るいけい》で……ちゃんと見てるわけじゃないけど、もう200個くらいは売れてるかもしれない。

早苗《さなえ》さんも、かなり伸《の》ばしている。個展のコンセプトがアレだから天馬《てんま》くんに劣《おと》るのは仕方ないけど、それでも50個は越《こ》えているはずだ。

この差は何だろうか。

焦《あせ》る必要はない。個展は明日もある。そして、売るべきアクセは残り15個ほど。

あの中学の文化祭に比べれば、全然、楽勝だ。今日はこの結果から、何かを得られればいい。

そして明日、これを完売する。……そういう理性とは裏腹に、妙《みょう》なざわつきだけが腹の底に蓄《ちく》積《せき》する。

（いや、このまま腐《くさ》っているのが一番しょうもない。明日のために少しでも……）

俺はサーバーでコーヒーをぐいっと飲み干すと、テーブルに戻《もど》った。ちょうどテーブルを見にきたお客さんがアクセを手に取っていた。

彼女が持っているのは、赤いサルビアのネックレスだ。花をレジンの土台に散りばめて、恋《こい》が燃え上がる様子を表現した。

「あ、あの、このアクセは、サルビアという花なんですけど、サルビアは『知恵《ちえ》』とか『家族愛』という健全な花言葉を持っていながら、この赤いサルビアは恋《こい》の情熱を表すような花言葉も持っていて、情熱的な恋《こい》が成熟していく感じになっていいなって思うんですけど……」

「あ、へぇー。そうなんですかぁー」

そうなんです……。

そして沈黙《ちんもく》。「それで、何?」って感じで、表情が冷たくなる。

俺は何かを言おうと口を開いて……力なくうつむいた。

当然ながらお客さんは興味を失い、早苗《さなえ》さんのほうのテーブルに行ってしまった。……そっちで何度か言葉を交《か》わすと、あっさりと翡翠《ひすい》のブレスレットを購入《こうにゅう》する。

隣《となり》の榎本《えのもと》さんが「えへ」とはにかんだ。

「ゆーくん、卒業旅行は豪華客船《ごうかきやくせん》のクルーズがいいな♡」

「畜生《ちくしよう》！　勝ち確だと思って予算を度外視し始めた……っ！」

息子《むすこ》に会社譲《ゆず》った元社長の夫婦《ふうふ》水入らずじゃねえんだぞ。そもそも俺、英語とか苦手だから勉強しとかないと……だから違《ちが》うって！　何を「今のうちに問題点潰《つぶ》しとくかあ」みたいな気になってんの俺！

（あ！　アホなこと言ってる間に、また天馬《てんま》くんのアクセが売れた⁉）

そしてこっちは、声をかけてもまたダメだ。

なんでだ？　口下手ってレベルじゃねえぞ……。

個展の回数をこなしているから？　俺も何度か参加すれば、なんとなく同じように売れていくのか？

わかんねえ。……この感じ、久しぶりだな。あの中学の文化祭で、日葵《ひまり》と出会う直前もこんな気分だった。焦燥感《しようそうかん》で身体《からだ》は熱いのに、背筋がじっとりと冷たくて。どうしようもなくて、頭がぐらぐらする感覚。

コーヒー一杯《ぱい》のドーピングなんて、所詮《しよせん》はこんなもんだった。

（もっとやれると思ったんだけどな……）

中学の文化祭のときも、日葵《ひまり》が売ってくれただけだもんな。

全然、成長してねえ。そりゃそうか。あのときから、俺たちは運命共同体として一緒《いつしよ》にアクセを売ってきた。

俺が作って、日葵《ひまり》が売る。

俺は最強の相棒を手に入れただけで、販売《はんばい》の技術を勉強したわけじゃない。それなのに、なんでもっとうまくやれると思ってたんだ？　こんなやつが天馬《てんま》くんたちと『対等なライバル』とか真面目に考えてたのかよ。反吐《へど》が出る。

日葵《ひまり》がいないだけで、自分がひどく頼《たよ》りない。

これまでの三年間が、まるで空っぽだった気持ちすらある。俺たちが築いたのは、ただの恋《こい》だけだった？　つまり、俺はアクセに真剣《しんけん》に向き合ってなかったのか？　俺にとって、やっぱりアクセは日葵《ひまり》を引き留めるための道具でしかなかったのか？

俺の思考がドロドロになっていく寸前——テーブルの前に、男性の影《かげ》が立った。

「ノッポくん。おまえだけもう店仕舞《みせじま》いか？」

「え……」

顔を上げる。ノッポくん？　俺のこと？

髭面《ひげづら》のおっさんだった。着ているものもボロボロで、一瞬《いっしゅん》、強盗《ごうとう》でも入ってきたのかと疑うほどだ。

でもよく見れば、不潔というよりはワイルドな印象を受けた。ボロボロの服装も、元々こういうコンセプトなんだろう。ぼさぼさの髪《かみ》も、隅々《すみずみ》までさりげなくセットされている。エアコンの風に乗って、清潔なコロンの香りがした。

（……てか、マジで誰《だれ》？）

いや、冷静に考えれば、個展のお客さんだ。この個展のお客さんにも男性はいたけど、どの人も若くて小綺麗《こぎれい》だった。だいぶ目立つ人だなあと思っていると、また声を掛《か》けられる。

「おい。客の前でボーっとしてんじゃねえぞ」

「あっ⁉　す、すみません！」

慌《あわ》てて展示のアクセの一つを手にした。

「あ、あの、こちらのイヤリングなんかどうでしょう⁉」

「はあっ⁉　おれがそんな花のイヤリングなぞ身に着けるように見えんのか⁉」

じゃあなんで俺のテーブルの前に立ってんだよ‼

俺のアクセは全部フラワーアクセだ。むしろ、それ以外は何もないんだぞ。カノジョさんへのお土産《みやげ》に、とかに決まってんだろ。

「おら。次だ」

「つ、次？　えっと、このネックレス……」

「違《ちが》ぁう！　もっと目を使え、目を！」

「め、目？」

怖《こわ》い怖《こわ》い怖《こわ》い！

こういう怒鳴《どな》り散《ち》らすタイプの人、俺、苦手なんだよ。雲雀《ひばり》さんとか咲姉《さくねえ》さんは静かに圧を掛《か》けてくるからまだどうにか話せる……てか、目を使うってなんだよ。俺がビビッていると、向こうでお客さんの対応をしていた天馬《てんま》くんが素《す》っ頓狂《とんきょう》な声を上げた。

「師匠《せんせい》!?　お久しぶりです！」

「……よう」

途端《とたん》に俺のアクセへの興味をなくしたように、そっちのテーブルに向かう。ホッとしたような、残念なような……師匠《せんせい》？

じゃあ、あの人が昨日、天馬《てんま》くんが言ってたクリエイターとしての師匠《ししょう》か。……なんか、想像と真逆の人だなあ。天馬《てんま》くんの師匠《ししょう》だし、もっと落ち着いた感じの人かと思ってた。

そう思っている間にも、天馬《てんま》くんはその男性の手を握《にぎ》って、嬉《うれ》しそうにブンブン振《ふ》る。さっきまでのお客さんに対する『営業スマイル』じゃなくて、年相応の笑顔《えがお》のように思えた。

「今日は来てくださったんですね！　すごく嬉《うれ》しいです!!」

「おまえが呼んだんだろうが」

「だっていつもライン返してくれないじゃないですかあ！」

「おまえと飯食うヒマあったら、その分、仕事するに決まってんだろ」

……なんか、熟練したカップルみたいな会話だな。

俺たちが見守っていると、男性がぎゅっと手袋《てぶくろ》をして髑髏《どくろ》リングを手に取った。じろっと一《いち》瞥《べつ》すると、まるで吐《は》き捨《す》てるかのように言う。

「まだこの業者に頼《たの》んでんのか」

「え、ええ……」

「ここは仕事が粗《あら》いと、前に言ったはずだ。他のを探さなかったのか？」

天馬《てんま》くんが一瞬《いっしゅん》、びくっと震《ふる》えた。見間違《みまちが》いか、と思った後には、いつもの人好きする笑顔《えがお》を浮《う》かべる。

「こちらの業者さん、すごくよくしてくださってますので。あ、この前もボクが参加した舞台《ぶたい》を観《み》にきてくださって……」

「………」

天馬《てんま》くんが話せば話すほど、男性の表情は冷たくなった。やがて小さく……でもはっきりと刺《さ》さるような存在感のある声音《こわね》で問いかける。

「それが、おまえの求める理想か？」

「………」

それまで絶え間なく回っていた天馬《てんま》くんの言葉が止まった。何かを言いかけて、でもやめる。

その態度だけ切《き》り抜《ぬ》いて見れば、きっと年相応の男の子の顔に違《ちが》いない。普段《ふだん》の大人びた雰囲《ふんい》気《き》は消え、悔《くや》しそうに唇《くちびる》を噛《か》んだ。

「……違《ちが》います」

「そうか。自分でわかってるならいい」

男性はため息をつくと、再び俺に向いた。こっちに歩いてくると、先ほどと同じようにテーブル上を見渡《みわた》していく。

「ノッポくん。おまえのアクセ、綺麗《きれい》だな」

「え？　あ、ありが──」

ありがとうございます、とお礼を言う前に、冷たい声音《こわね》で遮《さえぎ》られる。

「だが、それだけだ」

俺の言葉が止まる。

男性は右手の親指を肩《かた》の向こう──つまり天馬《てんま》くんに向ける。

「対して、こいつは顔だけだ」

「……？」

俺が意味を測りかねていると、嘲《あざけ》るように説明する。

「顔で女を釣《つ》って、ファンとしてアクセを買わせる。そういう付加価値で売るタイプだ。アクセの品質は二の次。だからこそグループが解散しても、舞台《ぶたい》やら何やら芸能人として細々と仕事を受けているわけだ」

「師匠《せんせい》、細々は余計ですよ……」

天馬《てんま》くんの控《ひか》えめなツッコみに、男性はキッと睨《にら》みを利《き》かせる。天馬《てんま》くんは居心地《いごこち》悪《わる》そうに目を逸《そ》らした。

「ノッポくんは、腕《うで》はいいんだろう。ただひたすらに品質を磨《みが》いていくスタイル。他を切り捨てても、それだけは譲《ゆず》れないと特化していくクリエイターだ。まあ、昔気質《むかしかたぎ》で好感は持てる」

「…………」

今の、褒《ほ》められたのか？

なんか遠回しな言い方で、うまく伝わらな――。

「だが、イマドキのクリエイターとしては、まだこの顔だけ野郎《やろう》のほうがマシだ」

「え……」

男性は無言で、テーブルの上にある〝you〟の名刺《めいし》を手にした。スマホでQRコードを読み取ると、俺たちのインスタアカウントを見る。

そのアクセの写真に目を通すと、口周りの無精髭《ぶしょうひげ》をフッと歪《ゆが》ませた。

「このインスタに映ってる女は？」

「お、俺のアクセのモデル、ですけど……」

「その年で専属モデル付きか。いい縁《えん》を持ってんな。なぜ今日はきていない？」

「地元は九州なので、今日は俺だけ……」

「そっちの隣《となり》の女は？　見てくれはいいが、モデルじゃないのか？」

榎本《えのもと》さんを見据《みす》える。

「……えっと」

ズケズケと根掘《ねほ》り葉掘《はほ》り聞いてくる。そのことに居心地《いごこち》悪さを覚えながらも、彼が天馬《てんま》くんの師匠《ししょう》だと聞かされれば失礼な態度はできない。

「彼女は俺の親友です。アクセの事務作業とかを手伝ってくれてて……」

「ふーん。専属モデルはきてねえのに、事務作業の女はきてる。そして、のんびり座ってるわけか」

「な、何が言いたいんですか！」

つい剣呑《けんのん》な声音《こわね》になったが、男性はフッと鼻で笑うだけだった。おまえのような小僧《こぞう》が凄《すご》んでもちっとも恐《こわ》くねえよって感じ。

「『神は細部に宿る』という言葉を知ってるか？」

「し、知ってます。いいものを作るには、細部にまでこだわり抜《ぬ》けってことですよね」

どんな分野の創作活動にも言えることだ。

例えばJ・POPなら、サビを盛り上げるためにAメロ～Bメロを整える。あるいは漫画《まんが》なら、背景だけ適当に描《か》くわけにもいかない。天馬《てんま》くんの参加する舞台《ぶたい》でも、小道具の一つ一つに気を遣《つか》えという話は聞く。

細かい部分をおざなりにしては、いいものは作れない。それは俺たちアクセクリエイターにも言えることだ。

しかし男性は、俺の考えをばっさりと切り捨てる。

「解釈違《かいしゃくちが》いだ」

俺に顔をずいっと近づける。

「細部に神が宿《こだわり》るというなら、それはつまり、クリエイターのこだわりなどは所詮《しょせん》、素人目には認識されないということだ」

「っ⁉」

そう言って、俺のアクセの一つを手に取った。

「おまえのこの、一つ一つを丁寧《ていねい》に仕上げたプリザーブドフラワー。これを見ただけで、この価値を、完成までの労力を、そしてその技術を得るための5～6年の修行《しゅぎょう》の歳月《さいげつ》を想像できる買い手はいない。それはシルバーの加工技術にしても同じことだ。……その年でロストワックス技法じゃなく、鍛造《たんぞう》技法をメインで使っているのは驚《おどろ》いた」

そして一言一言を区切るように、ゆっくりと告げる。

「ただし、どんなに美しい神を宿らせたところで、プロとしてやるなら金に換《か》えられなければ意味はない。これは、ゴミだ」

「……っ⁉」

一瞬《いっしゅん》、俺はカッとなって立ち上がった。

……でも、それで終わった。この人の目が、まっすぐ俺を見つめている。この人は、俺を馬鹿にして言ってるんじゃない。その澄んだ瞳《ひとみ》を見て、そう思った。

「おまえの神をクライアントに届けるための努力が、そこに座っているおまえから見えん。その時点で、おまえはこの顔だけ野郎《やろう》に戦う前から負けている」

そして無造作に、俺の頭をワシワシ摑《つか》んだ。

「個展の最中に、死んだ目で座ってんじゃねえぞ。最後まで足掻《あが》かないやつに、経験値なんぞ入るかアホタレ」

コツンと、軽く拳骨《げんこつ》する。

行動とは裏腹に、妙《みょう》な優《やさ》しさみたいなのを感じさせた。俺はぽかんとして、つい生返事を返してしまった。

「は、はあ……」

この人、誰《だれ》かに似てるな、とふと思う。紅葉《くれは》さんか？　あるいは雲雀《ひばり》さん？　……いや、なんとなく、咲姉《さくねえ》さんに似てるような。

「ノッポくん。おまえ、名は？」

「あ、名刺《めいし》に……」

「これには〝you〟としか書いてねえぞ」

「あ、そっか。すみません。えっと……夏目悠宇《なつめゆう》、ですけど」

——と。

途端《とたん》に男性が、くわっと目を見開いた。ぐらりと後ろによろけながらも、その目がじっと俺を見つめる。まるで品定めするような……いや、どっちかっていうと、何かを確かめるように、じっと見回していった。

「夏目《なつめ》？　もしかして、実家がコンビニ……？」

「え。あ、はい。そうですけど」

「お姉さんが三人いる……？」

「よ、よくご存知ですね」

そして何かを悟《さと》ったのか、いきなり地団太《じだんだ》を踏《ふ》んだ。

「あンの性悪女《しょうわるおんな》!!　絶対にハメやがったろ!?」

「……？　……??」

俺と榎本《えのもと》さんが完全に混乱していると、男性はキッと俺を睨《にら》んだ。そして「ンンッ！」と咳《せき》をして、ちらっと一瞥《いちべつ》する。

「ゆっ！　……ゆう、くん」

「は、はい……？」

ゆうくん？

尻《しり》すぼみに名前を呼ばれ、俺は警戒《けいかい》しながら返事をする。男性は気まずそうに視線を逸らしながら、なぜか懇願《こんがん》するように言った。

「おれと会ったこと、……咲良《さくら》ちゃんには絶対に言うなよ。……いや、言わないでね？」

「は？」

ついさっき思い浮《おもう》かべた三番目の姉の名前が出てきて、俺はびっくりした。そしてびっくりして言葉を失っている間に、男性はそそくさとスタジオを出て行ってしまった。

「あ、ちょ……っ！」

慌《あわ》てて追いかけるが、外に出たときにはすでにその姿は消えていた。夏の夕刻はまだ明るいが……たぶん、そこら辺のビルの裏道に入ったのだろう。

仕方なくスタジオに戻《もど》った。

天馬《てんま》くんが「うちの師匠《せんせい》がいきなりゴメンね」と申し訳なさそうに言うので、そっちは大《だい》丈夫《じょうぶ》と返事をする。

テーブルに着くと、榎本《えのもと》さんが不思議そうに聞いた。

「今の失礼な人、咲良《さくら》さんの知り合いかな？」

「失礼……かはまあ、どうだろ。でも、咲姉《さくねえ》さんの知り合いなのは間違《まちが》いないだろうね」

そうなると、去り際に口走ってた「性悪女《しょうわるおんな》」ってのは、十中八九、紅葉《くれは》さんのことなんだろうなあ。なんとなく確信を持ちながら、ふうっと息をついた。

世間が狭《せま》すぎるのは置いておいて、今のアドバイスのおかげで目が覚めた気分だ。さっきまで曇《くも》ってた思考が、晴れ晴れと冴《さ》えるような感じがする。

今日の個展の閉場まで、あと一時間ちょっと……。


俺がやるべきことは、ぼんやりと他人のアクセが売れていくのを眺《なが》めることじゃない。


榎本《えのもと》さんの目の前で、パチンと手を合わせる。

「ゴメン、榎本《えのもと》さん！　しばらくお客さんの対応してほしい！」

「え、でも……」

「こっちから声かけする必要はない。もし買いたいって人がいたら、お釣《つ》りのやり取りだけしてほしい。頼《たの》む！　この通り！」

「…………」

榎本《えのもと》さんにぐっと頭を下げる。

「それなら、いいけど……」

なんとか了承《りょうしょう》してもらえた。これで集中できる。

ふうっと息をつき、目をつむった。

さっきの男性は、俺に何とアドバイスした？　俺の神をクライアントに届ける努力……いや違《ちが》う。もっと前……どんなにこだわったところで、売れなければゴミ……イマドキのクリエイター……アクセの品質を追求する俺より、顔で客寄せをする天馬《てんま》くんのほうがクリエイターとして格が高い……今の俺が足掻《あが》くための行動……思い出せない。

もしかして茶化されただけ？

いや、そんなはずはない。断言できる。

だって、あの人の言葉は乱暴だったけど、内容は真摯《しんし》だった。

今日の昼過ぎ。午後の部が始まってすぐ来場した米川渚《よねかわなぎさ》。彼女は俺のアクセを「綺麗《きれい》なドライフラワー」と言った。

一般的《いっぱん》にはあまり知られていないが……実はドライフラワーとプリザーブドフラワーは厳密には違《ちが》うものだ。

製法、質感、特徴《とくちょう》、花の維持《いじ》可能な年数……どれもに違《ちが》いがある。

でも、一般人《いっぱんじん》には『ドライフラワー』だ。

それをあの人は、しっかりと『プリザーブドフラワー』と言った。俺のアクセに触《ふ》れるときも、しっかりと手袋《てぶくろ》をしていた。俺みたいな小僧《こぞう》が作ったアクセにも、ちゃんと敬意を払《はら》ってくれていた。

それに、普通《ふつう》はありえないだろ。

このアクセを一目、見ただけで、俺のクリエイト歴までぴたりと言い当てたのだ。ただの直感で「5~6年の修行《しゅぎょう》」という言葉がでてくるはずがない。それ相応の経験があることは容易に想像がつく。

あの人は「神は細部に宿る」と言った。彼の細やかな態度が、まさにそれを示していた。そんな人が、適当なことを言うはずがない。

(どれだ？　俺が足掻《あが》くために必要なことは……あっ！)

あの人は、一番最初に言った。


『もっと目を使え、目を！』


目を使え。

いきなり言われて混乱したけど、冷静に考えれば簡単なことだった。

武道には『見取り稽古《げいこ》』という言葉があると聞いたことがある。言葉で教わるよりも、相手の一挙手一投足を見て盗《ぬす》め、という言葉だ。

この場で、俺が盗《ぬす》む相手……それはもちろん、俺より成果を上げている二人だ。それに関しても、あの人はさりげなくヒントをくれている。

天馬《てんま》くんのやり方は、土壇場《どたんば》で実行できるようなものではない。てか、この場にやってくる女性客にいきなりイケメンスマイルビームでも食らわせろってか。意味不明すぎるし、下手《へた》したら通報されるわ（雲雀《ひばり》さんだったらできるかもしれないけど）。

となると、相手は――早苗《さなえ》さんだ。

思い返せば、早苗《さなえ》さんの言動と成果はちぐはぐだ。まずこの個展に彼女のファンはこないと言った。ほとんどのお客さんが、まず天馬《てんま》くんに話しかけることから嘘《うそ》は言っていない。

それなのに、順調に販売実績《はんばいじっせき》を伸《の》ばしている。確かに天然石は魅力的《みりょくてき》だけど、こんなに差がつくほどの需要格差《じゅようかくさ》があるとは思えない。

おそらく天馬《てんま》くんと同じく、武器はアクセ以外の部分にあるんだろう。自分のファンではない客層に、その場で買わせるための武器を持っているんだ。

俺は目を開けた。

そして、じっと早苗《さなえ》さんの販売風景《はんばいふうけい》を見つめる。天馬《てんま》くんと話す列から外れた女性に声をかけた。何か言葉を交《か》わしながら……テーブル上の天然石のネックレスを見せた。そして最後に何かを付け加えて……あ、買った。

待て待て待て。あまりに流れるような必勝ムーブに、何も得られなかった。

もう一回。早苗《さなえ》さんはお客さんを見ている。さりげない風を装《よそお》って、じっと見ている。その間、まったく動かない。……見ているだけだ。

その間に、別のお客さん二人組がテーブルにやってきた。早苗《さなえ》さんは対応を……あれ？　対応しない？　早苗《さなえ》さんはお客さんをガン無視して、さっきから同じ女性を観察している。

なぜか目の前のお客さんじゃなくて、遠くにいるそっちの女性に声をかけた！

声をかけられた女性がテーブルに寄ってくると、すぐに革《かわ》の髪留《かみど》めを見せた。早苗《さなえ》さんも使っているやつだ。一言、商品について説明をすると、その女性はすぐに購入《こうにゅう》した。

で、先にテーブルにきた二人組は、それからも商品を物色して……何も買わずに天馬《てんま》くんのほうに戻《もど》っていった。

早苗《さなえ》さんに無視されたから怒《おこ》った……というわけでもなさそうだ。今の買った人と、買わなかった人の違《ちが》いは何だろうか。

三回目。早苗《さなえ》さんは、新しくスタジオに入場した女性客を見た。さっきと同じように、まったく目を離《はな》さない。その女性客は、天馬《てんま》くんのほうに……あれ？

その女性客、天馬《てんま》くんと話しながら、ちらちらと早苗《さなえ》さんのテーブルに目を向けている。天《てん》馬《ま》くんとのトークに集中できていない感じだ。

天馬《てんま》くんを別のお客さんに譲《ゆず》った瞬間《しゅんかん》を狙《ねら》い澄ますように……早苗《さなえ》さんは声を掛《か》けた。その間、やはり別のお客さんがテーブルにきてもガン無視だった。

（……もしかして、自分のアクセに対して興味が強い人を選定しているのか？）

その結論にたどり着いたとき、俺は強い衝撃《しょうげき》で打《う》ち据《す》えられるような気がした。

悪い言い方をすれば、自ら客を選ぶような傲慢《ごうまん》なスタイル。でも、それは驚《おどろ》くほど理にかなっていた。

この箱も時間もコストも制限された空間で、着実に売り上げを伸《の》ばすには効率がいい。それに手当《てあ》たり次第《しだい》に必死に声をかけては、まるで自分から「これは売れていませんよ！」と吹聴《ふいちょう》するようなものだ。……さっきの俺みたいに。

でも、そんなことが可能なのか？

可能だとしたら、エスパーみたいな話だ。

（いや、早苗《さなえ》さんはそれができるんだろう）

彼女のダンスユニット時代の話を思い出した。

早苗《さなえ》さんはユニット内で特に人気がなかったと言った。でも、直接、手渡《てわた》し販売《はんばい》する物販成績《ぶっぱんせいせき》だけはズバ抜《ぬ》けていたと。

そんなことは、普通《ふつう》はあり得ない。

グッズの販売実績《はんばいじっせき》は、本人の人気とイコールだ。

それでも売り上げを伸《の》ばせるのだとしたら……潜在的に自分のファンになりえる顧客を、他のメンバー目当てでやってきたお客さんの中から引き抜《ぬ》いていたのだ。

（……俺は、本当に世間知らずで失礼なガキだ）

今日の個展が始まるまで、早苗《さなえ》さんもクリエイターとして上に行くための『何か』を探して参加しているのだと思い込んでいた。

何かを得るために、個展に参加しているんじゃない。

早苗《さなえ》さんは、すでに持っている。

その武器をひたすら研《と》いでいくために、わざわざ自分から不利な状況に身を投じているのだ。それはいわば、毒蛇《どくじゃ》のようなスタイル。この天馬《てんま》くんの用意した囲《アウェー》いに入ったときから、顧《こ》客《きゃく》たちは死角から観察され、隙《すき》を見せた瞬間《しゅんかん》に牙《きば》を立てられる。身体《からだ》に毒が回った後では、それに気づいても遅《おそ》い。

そのことに気づいてみれば、早苗《さなえ》さんの挙動もよく見える。

ニコニコとお行儀《ぎょうぎ》よく座っていると思っていたが、その目は一瞬《いっしゅん》たりとも止まらずに周囲を観察している。そして一度、これという狙《ねら》いを付ければ、声をかけるタイミングまでじっと目を離《はな》さない。……そして、またアクセが売れた。

研《と》ぎ澄《す》まされた観察眼に、俺は舌を巻いた。

(……俺に、できるのか?)

いや、できるのか、じゃない。やるんだ。

この状況《じょうきょう》で少しでも販売実績《はんばいじっせき》を伸《の》ばすには、早苗《さなえ》さんのスタイルを真似《まね》するしかない。ちょうど入場した女性客の動向を見る。まず天馬《てんま》くんに挨拶《あいさつ》をして、アクセを紹介《しょうかい》された。そして残り少なくなったアクセを「どれにしよっかな~」と迷った末に購入《こうにゅう》。タイミングよく別のお客さんが入ってきたので、場所を譲《ゆず》って俺のほうを見て……あれ⁉ 俺と目が合った瞬間《しゅんかん》、ぎょっとした顔で目を逸《そ》らした。そそくさと早苗《さなえ》さんのテーブルに向かう。

今のリアクション、何？　かなりショック。俺ってそんなに逃《に》げるような見た目か？　せっかく天馬《てんま》くんに美容院を紹介《しょうかい》してもらったのに……。

「ゆーくん、ゆーくん！」

「え？　あ、榎本《えのもと》さん、どうしたの？」

榎本《えのもと》さんが、ちょっとドン引きした感じで言う。

「そんなにお客さんをガン睨《にら》みすると、不審者《ふしんしゃ》っぽい……」

「……………」

ぐはあ……っ⁉

冷静な指摘《してき》に、思わず喀血《かっけつ》しそうになった。今の態度、そういうことか。まあ、いきなり知らない人が自分のことじーっと見てたら怖《こわ》いよね……。

天馬《てんま》くんの迷惑《めいわく》になるのは問題だ。俺は榎本《えのもと》さんに、真剣《しんけん》な態度で協力を仰《あお》いだ。

「榎本《えのもと》さん。俺は今からお客さんたちを観察しまくるから、もし変態っぽくなってたら止めてほしい」

「ゆーくん。自分が危ないこと言ってる自覚ある……？」

榎本《えのもと》さんの常識的な指摘《してき》が痛い……。

でもアイアンクローで強制退場させられずに、とりあえず了承《りょうしょう》してくれた。喧嘩中《けんかちゅう》でもやっぱり優《やさ》しい……。

俺は気を取り直して、お客さんの観察に戻《もど》る。

闇雲《やみくも》にやってはダメだ。それでは、当てずっぽうで声をかけるのと同じこと。早苗《さなえ》さんは、何かしらの確信を持って、顧客《こきゃく》を観察しているように思える。

じゃあ、それはなんだ？

どうやって、まず自分のアクセに興味が強そうな人を見つけ出すのか。早苗《さなえ》さんとの会話の中で、何かそれっぽいものは……あっ。

早苗《さなえ》さんは「長く持ち歩いた天然石からは声が聞こえる」と言った。

いや、本当に喋《しゃべ》ってるわけじゃない。それはわかる。ただ、完全にファンタジックな妄想《もうそう》ってわけでもない。

俺だって普段《ふだん》、花の世話をしているとき、彼らが話しかけてくれるような気がする。日葵《ひまり》からは茶化されるけど、あの感覚は天馬《てんま》くんたちだって共感してくれた。

花に集中しろ――。

何か、きっかけがあるはずだ。些細《ささい》な変化を見逃《みのが》すな。俺の心血を注いだアクセだ。俺以上に、こいつらのことをわかってやれるやつはいない。

たとえば、このマリーゴールド。

思い返せば、こいつを育てるのには苦労したな。

マリーゴールドは暑さに強くて育てやすいはずなのに、こいつはいつも元気なく萎《しお》れていた。

日陰《ひかげ》を作ったり、植《う》え替《か》えを試《ため》したり。その上、日葵《ひまり》が東京行くとか何とかヒスってメンタルやられたとき、マジでもうダメだってくらいに枯《か》れかけた。

でも、こうやって立派な花を咲《さ》かせてくれた。

見てくれよ、こんなに可愛《かわい》いアクセになったんだぞ。正直、こいつは今回の夏のアクセたちの中でも、ダントツで思い入れが強くて……あ、いかん泣けてきた。

アクセたちが「まだ個展中だよ！」「頑張《がんば》って！」って激励《げきれい》してくれる。わかってる、わかってるよ。でもこう、おまえたちを見てると、この夏の思い出が駆《か》け巡《めぐ》って……うう、視界が歪《ゆが》む！

……あれ？

キャーキャー俺を励《はげ》ましてくれる花たちの中で、一つだけ縮こまってるやつがいる。何かに緊張しているみたいだ。

ペチュニア……ロゼワインのような可愛《かわい》らしさと気品を兼《か》ね備《そな》えた花だ。

そういえば、こいつは人見知りするやつだった。いつまでも土の中から芽を出さなくて、うっかり掘《ほ》り起《お》こしかけたもんな。こいつも今や立派な……ん？

こいつは何を見ているんだ？　俺たちとは別の方向……天馬《てんま》くんのテーブルのほうに視線が向いている。それを辿《たど》っていくと……あっ。

お客さんと目が合った。

おかっぱボブの、大人しげな子だった。友だちと二人連れで、天馬《てんま》くんとのトーク待ちって感じだ。手持《ても》ち無沙汰《ぶさた》で、俺のほうを見ていたのかもしれない。

その子は、慌《あわ》てて目を逸《そ》らした。

「………」

俺は何気なく、明後日《あさって》のほうを見てコーヒーを飲んだ。さりげなく観察していると、そのお客さんはまたこのペチュニアを見た。

……花の声、か。

まさか、俺の花とお話しちゃう癖《くせ》が、こんなことになるなんて。いや、頭がおかしくなったわけじゃない。アクセへ向かう熱い視線を、一瞬《いっしゅん》だけ感じることができたのだ。

これだ。きっと、これが早苗《さなえ》さんの言う「天然石の声が聞こえる」ってやつだ。

ふうっと深呼吸した。

心臓がバクバクする。たった一度、これっきりのチャンス。

その子が、天馬《てんま》くんとのお話を終えた。髑髏《どくろ》リングも買った。そして友だちに連れられてスタジオを退場しようとするとき、俺は思い切って声をかけた。

「あ、あの。よかったら……見ていきませんか?」

その子のツレが、訝《いぶか》しげに眉根《まゆね》を寄せる。いかにもお洒落《しゃれ》とか好きそうな、垢抜《あかぬ》けた子だった。俺が声をかけたおかっぱボブの子の袖《そで》を引きながら急《せ》かす。

「ねえ。門限、遅《おく》れちゃう」

高校生っぽいし、お家《うち》が厳しいんだろう。

それでも、俺には確信があった。おかっぱボブの子は、その友人に「ちょっとだけ」と言ってテーブルに目を落とす。

いや、その視線はさっきのペチュニアに釘付《くぎづ》けだった。もしかしたら、近くで見たかったのかもしれない。その目は情熱的で、まっすぐだった。

……似合うな、と思った。

いや、めっちゃ似合う。近くで見て、いよいよそう思った。ペチュニアの可憐《かれん》で清楚《せいそ》な色合いが、この子の雰囲気《ふんいき》に合っていた。

ペチュニアの花も、じっとその子を見つめているような気がした。人見知りするくせに、今だけやけに輝《かがや》いていた。不思議な存在感を放っていた。

もしかしたら、こいつはこの子に出会うために、地元からの1200キロメートルを旅してきたのかもしれない。そんな馬鹿なことを、なぜか本気で思ってしまった。

「……このペチュニアのアクセ、俺たちが花を育てたんですけど、すごく人見知りで、なかなか芽を出してくれなくて、芽を吹《ふ》いても予定通り育ってくんなくて、他の花と根が絡《から》まったりして、マジで他の花すら怖《こわ》がる始末で……あ、すみません。あの、花にも個性があるって言いたかっただけです」

つい口を突《つ》いた一人語りに、二人がドン引きだった。……いかん、こんなアホなことで気分を損《そこ》ねられたらまずい。

くそ、初対面の女子怖《こわ》いし、後ろの子はウザそうにつま先トントンしてるし、マジでお腹《なか》痛い。何のストレステストだよ。こんなことなら、日頃《ひごろ》から日葵《ひまり》以外の女子とも話せるようにしておけばよかった。

いや、そんなの後の祭りだし、ここで後悔《こうかい》している暇《ひま》はない。俺が言うべきことは、そんなに多くないはずだ。

考えろ、考えろ、考えろ。

このおかっぱボブさんが求める言葉を考え……いや、だから違《ちが》うって！

他人の感情なんぞわかるか。俺が伝えたいのは、このアクセがきみのことを気に入ってるってことだけだ。

長い時間、ずっと一人ぼっちだったこいつが、初対面のきみのことを見つめていた。バカみたいなこと言ってるなって思うけど、俺にはわかるんだよ。

何年も何年も、ずっと花だけを見てきた。たくさん失敗して、ちょっとだけ成功して、日葵《ひまり》に背中を押してもらって、成功の数が少しずつ増えていった。

そうだ。まるで、日葵《ひまり》と出会った俺を見ているようなんだ。人見知りだった俺が、あのとき日葵《ひまり》にだけは心を開けた。そんな出会いが俺のアクセにもあるかもって思うと……絶対に成功させてやりたいって胸が震《ふる》えるんだ。

カラカラの喉《のど》を震《ふる》わせる。

ただまっすぐ、きみの瞳《ひとみ》を見つめる。

「花言葉は『あなたと一緒《いっしょ》なら心が和《やわ》らぐ』。そして——」

感情に従え。

俺の思ったままを、この言葉にのせろ。

もしダメだったときに、また次の言葉を考えればいいんだよ。何なら無料《タダ》にしたって、この花をきみに渡《わた》してやる。そんな失敗や回り道だって、最後に勝てば全部正しいんだ。

それが夢を追うってことなんだと、どっかのチャラ男が教えてくれた。

「世界で一番きみに似合うと思います。よかったら、もらってやってくれませんか？」

そして俺のアクセに、無二の親友ができた。

Grand Prologue

フィリアの花言葉

♡♡♡

この初恋《はつこい》は枯《か》れないと、今日まで本気で思ってたの。

天馬《てんま》くんと早苗《さなえ》ちゃんの個展。

ゆーくんのアクセは、正直、笑っちゃうくらい売れなかった。

午前中は、天馬《てんま》くんのコアなファンの子たちが押し寄せた。そして午後は、ゆーくんのアクセに興味を持つ人はいたけど、それでも積極的に買っていこうという人はいなかった。

ゆーくんのアクセは、素敵《すてき》だ。

お姉ちゃんに鍛《きた》えられた天馬《てんま》くんたちが絶賛したというのもうなずける。わたしだって、こんなに綺麗《きれい》なアクセを作れる同級生なんて、たぶんゆーくんじゃなきゃ信じなかったと思う。

そんなに素敵《すてき》なのに……この小さなスタジオでは異質だった。

まず、客層が決定的に違《ちが》うような気がした。

天馬《てんま》くんは、お世辞にもメジャーな芸能人ってわけじゃない。ゴールデンの番組に出るような人じゃないし、しかも今はグループを解散した元アイドルを追っかけるようなコアなファンたちだ。

ここのお客さんたちは、垢抜けすぎている。

ミーハーなファンは浮気性《うわきしょう》。でも、言い方を変えれば、それだけ興味のアンテナの感度が高いってことだと思う。いろんなものに興味を持てるバイタリティがあるから、それだけ異質を受け入れやすい。

でも、ここのお客さんたちは悪い意味で頑《かたく》なだ。

天馬《てんま》くんと、その髑髏《どくろ》リング。その属性の範疇《はんちゅう》のものしか受け入れられない。個展が始まってからのお客さんの行動を見ていると、そんな感じがした。生花を使った可憐《かれん》なフラワーアクセは、ここのお客さんには純朴すぎる。

その上、お洒落《しゃれ》な値札に書かれた数字……。

ゆーくんのアクセは、値段が高い。そのコストや技術を見れば適正……いや、かなり良心的だと思う。でも、それはあくまで制作過程を知っているわたしだからそう思える。

客層のすれ違《ちが》いに、高すぎる値段。もともとフラワーアクセに触《ふ》れたことのないような人から見れば、ぼったくりのように思えるのもしょうがなかった。

だから、わたしは何もしなかった。

ゆーくんとの賭《か》けもある。でも、それ以上に頑張っても無駄だと思ったから。

なんていうか……街角のゲームセンターで世界的な高級ケーキを売りだしても、普通《ふつう》は売れないよねって感覚。その価値を知らない人たちから利益を得ようとすることは、商売の最悪手の一つだ。

ゆーくんはクリエイターとして経験を積みたいって言ったけど、意味のない経験はないのと一緒《いっしょ》……ううん。下手《へた》したら、ゆーくんにとってマイナスになりかねない。この個展から何か得られるんだとしたら、その認識《にんしき》だけだと思った。

そう思ってたのに――。

「個展の最中に、死んだ目で座ってんじゃねえぞ。最後まで足掻《あが》かないやつに、経験値なんぞ入るかアホタレ」

いきなりやってきた、無精髭《ぶしょうひげ》の男の人。ボロボロの服装に、不遜《ふそん》な態度。お洒落《しゃれ》でやってるのはわかるけど、わたしは嫌《いや》だな。そもそもセンスが相容《あいい》れない。

天馬《てんま》くんの師匠《ししょう》って言ってたけど……でも、何だろう。この人、どこかで見たことある。また芸能人かなって思ったけど、そういう感覚じゃない。

ずっと昔、まだお姉ちゃんが高校生だった頃《ころ》。

この人、うちの洋菓子店《ようがしてん》に遊びにきたことがあるような……。

「っ⁉」

頭をブンブン振《ふ》った。

今は、この人が誰《だれ》かなんてどうでもよかった。いきなり、ゆーくんに変な言いがかりをつけようとした人。わたしの敵。さっきだって、ゆーくんのアクセをゴミとか言ったし。ゆーくんと喧嘩《けんか》してなきゃ、今頃《いまごろ》わたしのトリプルコンボで沈《しず》めてるのに！

……その人は、なんか意味の分からないことをどや顔で説教して出て行ってしまった。ほんとに意味わかんない。ゆーくんのこと知らないくせに、それらしい一般論《いっぱんろん》で子ども相手にマウント取るの楽しい？

ゆーくんは、このままでいいんだから。

変に気取らないで、そのまま素敵《すてき》なアクセを作り続ければいいの。わたしなら、ひーちゃんと違《ちが》ってそれを見守ってあげられるんだから。

「ね、ゆーくん？」

不安になって呼びかけた。

返事はない。もしかして、ショック受けちゃったのかな。ただでさえアクセが売れなくてサガってるのに、あんなクレーマーにボロクソ言われたら普通《ふつう》は怒《おこ》ってもしょうがな……あれ？

ゆーくんは、怒《おこ》ってない。

それどころか、その瞳《ひとみ》を爛々《らんらん》と輝《かがや》かせていた。

たとえば何も見えないほどの暗闇《くらやみ》に、チカチカとした光が見えるような。カチン、カチン、と石が弾《はじ》けて、火花が散るように。

そして小さな火が灯《とも》る。まるでこの瞬間を待ち望んでいたかのような表情だった。

「ゴメン、榎本《えのもと》さん！　しばらくお客さんの対応してほしい！」

「え、でも……」

「こっちから声かけする必要はない。もし買いたいって人がいたら、お釣《つ》りのやり取りだけしてほしい。頼《たの》む！　この通り！」

「…………」

ゆーくんは深く頭を下げる。

その雰囲気《ふんいき》を見て、なんとなく「わたしと喧嘩《けんか》してるの、どうでもよくなっちゃった？」と思った。

「それなら、いいけど……」

わたしは押し切られて、了承《りようしよう》した。

途端《とたん》、ゆーくんはいつもの集中モードになった。アクセを作ってるときの、何をしても気づかないあの雰囲気《ふんいき》。

「目だ。目を使え……」

ブツブツと呟《つぶや》きながら、周囲を睨《にら》んでいる。

途中《とちゅう》からフラワーアクセに「おまえが枯《か》れかけたときは心配したよ……」と言って泣き始めたときはあちゃーって感じだったけど、それもすぐに雰囲気《ふんいき》が変わった。

そして個展の閉場寸前、おかっぱボブの女の子に声をかけた。

なんであの子に決めたのか、理由はわからない。

わたしから見たら、ただの天馬《てんま》くんのコアなファンだ。一緒《いっしょ》にきた友だちが天馬《てんま》くんにのぼせ上がっている間、チラチラとゆーくんのほうを見てたくらいで……。

(え……？)

わたしは気づいた。この子は、もしかして天馬くんのファンじゃない？　一緒《いっしょ》にきた友だちの付《つ》き添《そ》いで……だからこそ、あんなに物珍《ものめずら》しそうに周囲を見ていた？

わたしの心臓が、ドクンッと跳ねた。

ゆーくんの目は、すでにある結果だけを見つめていた。

そしてアクセは売れた。

ゆーくんは初めて、一人の力で自分の魂を誰《だれ》かに届けた。

おかっぱボブの女の子が、アクセを包んだ紙袋《かみぶくろ》を嬉《うれ》しそうに胸に抱《かか》えて個展を出ていく。一《いっ》緒《しょ》にきたパンクっぽい服装の友だちが「高くね⁉」って驚《おどろ》いたけど、それに笑いながら「可愛《かわい》いからいーの」と答える。

ゆーくんは無言で、二人を見送った。

ドアが閉まった瞬間《しゅんかん》、天馬《てんま》くんがスタジオの入り口に『本日の個展は終了《しゅうりょう》しました』と札を下げる。まだギリギリ閉場時間じゃないのに……と思っていると、天馬《てんま》くんがこっちに走ってきて両腕《りょううで》を広げた。

「夏目《なつめ》くん、やったね‼」

ゆーくんが立ち上がって、大きくガッツポーズして天井《てんじょう》に吠《ほ》えた。

「うわあああぁぁぁあったあああああああああああっ‼」

思いっきり抱《だ》き合《あ》った二人が、満面の笑《え》みでバシバシ背中を叩《たた》き合っていた。ゆーくんの顔は笑ってるのか泣いてるのかわかんなくて、とにかくもういろんな感情がないまぜって感じだった。

「俺、実は一人でアクセ売ったことなくて……っ！　いつも日葵《ひまり》のおかげで売れてるだけなんじゃねえかなって、ずっと不安があって……っ！　でも、マジで、マジであいつ売れたんだよな……⁉　これ、返品とかされないよな……⁉」

「大丈夫《だいじょうぶ》、大丈夫《だいじょうぶ》だよ！　すごく気に入ってくれてたじゃないか！」

「そうだよな……‼　いい人にもらわれて、あいつ幸せものだよ……っ！　ああもう、マジで

「信じらんねええっ！」

背中を叩《たた》き合いながら、二人で「痛い痛い！」って笑い合っている。まるで何年もそうしてた親友のように、自然に気持ちが通じ合っていた。

早苗《さなえ》ちゃんも嬉《うれ》しそうに拍手《はくしゅ》をしている。アルバイトの子たちは、ぽかーんとした顔でそれに倣《なら》っていた。

たくさん並んだうちの、たった一個のアクセ。

それが売れたことが、そんなに声を上げるほど嬉《うれ》しいことなの？

わたしは、その気持ちがわからない。わたしが作ったケーキが売れたって、こんなに喜ぶことはないと思う。なんでそんなに一生懸命《いっしょうけんめい》なのか、よくわからない。理解はできるけど、気持ちは置き去りだった。

ひーちゃんがここにいたら、どうしてたのかな？

ひーちゃんだったら、一緒《いっしょ》に笑えたのかな？

なんでここにいるのが、ひーちゃんじゃなくてわたしなのかな？

――わたしの初恋《はつこい》が、少し軋《きし》む音がした。

♡♡♡

ゆーくんが一人でアクセを売った翌日。

東京旅行7日目。最後のフリータイム。

明日の昼には、わたしたちは飛行機で地元に帰ることになっている。一緒《いっしょ》に朝ご飯を食べたゆーくんが、支度《したく》をして申し訳なさそうに聞いてきた。

「榎本《えのもと》さん。ほんとにいいの？」

「うん。いいよ」

わたしは、にこっと笑って答える。

「ゆーくん。今日でアクセ全部売らないといけないでしょ？」

「まあ、そりゃそうだけど……」

歯切れが悪い返事だった。

この前は、あんなに強引《ごういん》に参加を決めたのに。一応、罪悪感はあったんだなあって安心する。本当にルンルン気分で出ていかれたら、それこそわたし何なのって感じだし。

「わたしと遊ぶのは、地元に戻《もど》ってもできるじゃん。天馬《てんま》くんたちの個展は、もう参加できないかもよ？」

「榎本《えのもと》さんはいいの？」

「うん。ゆーくんがアクセいい感じなのに、邪魔《じゃま》しちゃ悪いし」

「邪魔《じゃま》ってことはないけど……」

とか言いながら、もう完全に行く気満々だもん。アクセもスタジオに置きっぱなしで、それ取りに行くなら参加する流れになるよね。

「榎本《えのもと》さんは行かないの？」

「わたしはこれに行く」

スマホを差し出して、美味《おい》しいパンケーキのお店を見せた。焼きたてふわふわのメレンゲパンケーキに、もったりとしたクリームが惜《お》しげもなく盛られている。

ゆーくんがじゅるりってなったのを見て、わたしは悪い笑《え》みを作った。

「ゆーくんの分まで食べてくるからね」

「あの、テイクアウトとか……」

「冷めたら美味《おい》しくないよ。これも精神を鍛《きた》える修行《しゅぎょう》と思って」

「ぐぬぬ……」

それでも、パンケーキに行くとは言わない。

ゆーくんの目は、もう今日の個展でどうやってアクセを売るかということしか見ていない。

準備が終わると、わたしは「いってらっしゃい」と手を振《ふ》った。

「今日は全部、売ってきてね！」

「うん。頑張《がんば》るよ」

いつもなら「できればね……」くらいの返事なのに、すごく清々《すがすが》しくホテルを出て行った。

それを見送って、わたしは小さくため息をつく。

（……わたしも行こう）

客室電話機の横にあるメモ帳を取って、色々と必要なことを書き込んだ。そして自分の荷物をすべてまとめると、わたしもホテルを後にした。

パンケーキ食べに行くなんて嘘《うそ》。本気でどうでもよかった。

そもそも一人で食べるなら、うちの洋菓子店《ようがしてん》のお菓子《かし》のほうが美味《おい》しいし。ゆーくんには嘘《うそ》をつくことになったけど、まあ、いいか。お相子《あいこ》だよね。

（……あっ。そうだ）

地下鉄の切符《きっぷ》売り場で、ふと思い立った。

スマホでアクセスを確認《かくにん》して、寄り道をする。やがて到着《とうちゃく》した駅で降りて、わたしは地上に出た。

都会の中心に、どどんと出現したすごく大きな森林公園。なんか、ここだけ大自然の時代から止まってしまったかのような印象を受ける。……ちょっと視線をずらせば東京の高層ビルがあるし、そんなはずないんだけど。

森林公園を順路に沿って歩いていく。やっぱり道は綺麗《きれい》に整備されていて、現代の代物《しろもの》なんだなあって思った。

「えーっと。案内図だと、ここら辺に……あっ」

あった。目的の展示ハウス。この前、ゆーくんに話したハイビスカスの原種を展示している場所だ。

木造の小屋みたいな外観で、その中に季節の花を展示しているらしい。まだ早い時間だし、他に人はいなかった。わたしはさっそく、ハイビスカスの原種を見て……。

「……あれ？」

なかった。

想像していたハイビスカスはなくて、代わりに聞いたことのない低木花が展示してあった。綺麗《きれい》な花だなって思ったけど、それはやっぱり、わたしの欲《ほ》しいものじゃない。

なんで？　そう思って、スマホで例のブログを探した。でも、なかなか見つかんなくて、すごく遡《さかのぼ》っていって、でも見つかんなくて、もしかして夢だったんじゃないかなって……ふと涙《るい》腺《せん》が緩《ゆる》みかけたとき、そのブログを見つけた。

同時に気づいた。

ブログの日付は……五年も前だった。

そのことに気づかないくらい、わたしはこの数日、普《ふ》通《つう》じゃなかった。ただ、ゆーくんの気を引きたくて、何か繋《つな》ぎとめるきっかけが欲《ほ》しくて……そうしないと、この人はすぐに遠いところに行ってしまうんじゃないかなって。

その予感は、正しいんだと悟《さと》った。

「そっか……」

誰《だれ》もいない展示場で、わたしはつぶやく。

濃《こ》い花の香りが充満《じゅうまん》していた。ビニールハウスみたいな構造になってるのか、この展示場はひどく暑かった。頭がくらくらして、身体《からだ》が溶《と》けてしまいそうで、わたしがわたしじゃなくなるみたいな茹《う》だる感覚。

……あの日に似てるね。

小学生のときに行った植物園。お姉ちゃんが一人でどっか行っちゃって、わたしだけ置いてけぼりになって、誰《だれ》からも必要とされてないんじゃないかって不安でしょうがなくて。

……似てるけど、違《ちが》うね。

東京だし、わたしは高校生だし、お姉ちゃんはもう家を出ちゃってるし、ハイビスカスの展示は終わっちゃってるし……ゆーくんは迎《むか》えにきてくれない。

「もう、遅《おそ》かったんだ……」

わたしは左手首の、月下美人のブレスレットを握《にぎ》りしめた。

ゆーくんが作って、ゆーくんが修理してくれて、ゆーくんに巡《めぐ》り合わせてくれた、わたしの宝物。
その留め具を握《にぎ》って、引きちぎった。

何もかも、遅《おそ》かったんだ。

この東京にきたときには——。
お姉ちゃんから、ひーちゃんを助けたときには——。
ゆーくんとひーちゃんの喧嘩《けんか》を止めたときには——。
高校でゆーくんと再会したときには——。
この月下美人のブレスレットを、お姉ちゃんにもらったときには——。
ゆーくんはもう、わたしたちの思い出の箱庭にはいなかった。
わたしを置いて、とっくに未来に向かって走り出していたから。

♣♣♣

夕方の、午後6時。

個展は昨日より早めに終わった。というか、天馬《てんま》くんのアクセが完売した時点であの個展は意味をなさない。

最後に食事に誘《さそ》ってくれたけど、榎本《えのもと》さんを待たせてるからと断ってきた。連絡先《れんらく》はもらったし、地元に戻《もど》ったらすぐライン登録しよう。

てか、なんか妙《みょう》な胸騒《むなさわ》ぎがあったんだ。昨日はあんなに怒《おこ》ってたのに、今日はやけに優《やさ》しいし。俺との賭《か》けも、なんかどうでもいいって感じだった。機嫌《きげん》がいいならいっかって思ってたのに、今になって急に心臓が早鐘《はやがね》を打つ。

アクセ在庫の入った小さな段ボールを抱《かか》えて、ホテルに帰ってきた。ドアのカギを開けると、燦々《さんさん》と明るいスイートルームが迎《むか》えた。

ここで過ごすのも、今夜で終わりか。あっという間だったし、名残惜《なごりお》しい。まだ十分に部屋を楽しんでないし、今夜こそピアノを弾《ひ》いてみ……。

「あっ。ゆ～ちゃん、お帰り～☆」

……あっぶねえ。うっかり段ボール落としかけたわ。

お洒落《しゃれ》なローストビーフやムニエルがテーブルに並んでいる。優雅《ゆうが》な食事を楽しむ紅葉《くれは》さんに、俺はドン引きしながら聞いた。

「あの、なんでいるんです？　仕事は？」

「ひっど～い！　わたしが取ったホテルに、わたしがいちゃいけないのかな～？」

いつも通り「ぷんぷん！」って怒《おこ》った拍子《ひょうし》に、巨大《きょだい》なバストが弾《はず》む。

いや、そうじゃなくて、いつも突然《とつぜん》だから心臓に悪いっていうか……ああもういいや。微《び》妙《みょう》に疲《つか》れていてツッコまずにいると、紅葉《くれは》さんがワインを口にしながら図星を突《つ》いてきた。

「うふふっ。その様子だと、今日はアクセ売れなかったみたいだね～☆」

「……そうっすね」

素直《すなお》に白状した。紅葉《くれは》さんには隠《かく》しても無駄《むだ》だ。てか、その気になれば天馬《てんま》くんたちに聞ける立場だし。

今日は、一個も売れなかった。

俺のアクセに集中して、興味の強いお客さんの視線を読む。でも、悉《ことごと》く外した。昨日の感覚を思い出そうとしても、なかなかうまくいかなかった。

やっぱり、付《つ》け焼刃《やきば》ですぐに完売するってことはない。でも、アクセを売るための一つの手法には気づけた。それだけでも、大きな収穫《しゅうかく》だ。あとは何度も試して洗練させるだけ。

あ、そうだ。榎本《えのもと》さんに謝んなきゃ。

せっかく俺を送り出してくれたのに、全部どころか1個も売れなかったんだ。それに賭《か》けのこともある。マジで日葵《ひまり》に何て説明しよう。話せばわかって……くれねぇよなぁあっ！

とか悶《もだ》えていると、榎本《えのもと》さんがいないのに気づいた。

テーブルの食事も、紅葉《くれは》さんの1人分だけだ。もしかして、コンビニにでも……いや、シャワーのほうかもしれない。

「紅葉《くれは》さん。榎本《えのもと》さんは?」

「凛音《りおん》なら〜、地元に帰ったよ〜☆」

え……?

唐突《とうとつ》な、あまりに予想外の返事だった。

悪い冗談《じょうだん》だと思った。でも背中に妙《みょう》な悪寒《おかん》が走って、慌《あわ》ててベッドルームを開ける。今朝までであったはずの、榎本《えのもと》さんのキャリーケースが消えていた。

クローゼットを開けた。榎本《えのもと》さんが掛《か》けていた服は、どれもなくなっている。ランドリーサービスに頼《たの》んでいた俺の衣類だけが、丁寧《ていねい》に掛《か》けてあった。

マジで……?

てか、なんで? 榎本《えのもと》さん、今日はパンケーキ食べに行くって言ってたよな?

「紅葉《くれは》さん。榎本《えのもと》さんが帰ったって……?」

「わたしが様子を見にきたときには、これが置いてたんだ〜」

紅葉《くれは》さんがメモ帳を渡《わた》してくる。

それには榎本《えのもと》さんの字で、明日の飛行機の時間とか、最寄《もよ》り駅《えき》からの乗《の》り継《つ》ぎとかが事細かに書いてあった。榎本《えのもと》さん……もう完全に初めてのお使いの扱《あつか》いでは?

いや、アホなことツッコんでる場合じゃない。それよりも大事なのは、俺へのメッセージだ。

『ゆーくんの邪魔《じゃま》にならないように、先に地元に帰ってます。凛音《りおん》』

……は？

いや、邪魔《じゃま》って何？　今朝も言ってたし、マジで意味わかんないんだけど。

「どういうことですか？」

「さあね～。あの子、昔から考えてることよくわかんないからね～？」

嘘《うそ》だと思った。

なんとなく、紅葉《くれは》さんは察しているんだろう。でも俺に教えるつもりはない。そんな気がする。

「そんなこと、どうでもいいじゃ～ん。ゆ～ちゃんはアクセが大事なんだし、凛音《りおん》のことなんて放っておきなよ～☆」

「いや、そういう問題じゃないでしょ……」

「あれれ～？　何か違《ちが》ったかな～？」

「そりゃアクセは大事ですけど、榎本《えのもと》さんだって大事な親友だし……」

紅葉《くれは》さんがフォークを器用に使い、ローストビーフをくるくる巻いてグサッと刺《さ》した。その仕草に、なぜかドキッとする。妙な圧があるような気がした。

なんか変なこと言ったか？　俺が謎《なぞ》の焦燥感《しょうそうかん》に駆られていると、紅葉《くれは》さんがにこっと微笑《ほほえ》んで言った。

「それって、日葵ちゃんにやってきたこと繰り返してるだけだって気づいてるかな～？」

「……っ⁉」

ローストビーフが、フォークでドスドスと穴を開けられていく。どんどん千切れていって、無残な姿に変わっていった。

紅葉《くれは》さんはニコニコ微笑《ほほえ》みながら、俺にちらと流し目を送る。

「ゆ～ちゃんは、もう知ってるもんね～？　親友って言葉が、どんな意味を持ってるか。凛音《りおん》が気付かないのをいいことに、ずっとキープちゃんみたいに扱《あつか》ってたんだもんね～？」

「そ、そんなつもりは……っ！」

とっさに否定しようとした鼻先に、紅葉《くれは》さんがフォークの切っ先を向ける。

背筋がひゅっと冷えて、俺は思わず沈黙《ちんもく》した。紅葉《くれは》さんはニコニコとした表情を崩《くず》さずに、俺を追《お》い詰《つ》めるように言葉を続ける。

「そうだよね～？　そんなつもりないよね～？　ゆ～ちゃんは、そんな悪いことできないもんね～？」

そう言って、うふふと笑った。

「でもね～。自分を正義だと思い込んでいる悪者が、この世では一番厄介《やっかい》なのも事実なんだよね～？」

「…………」

フォークを皿の上に置いた。

紅葉《くれは》さんは立ち上がると、キッチンの冷蔵庫を開ける。小さな紙箱を取り出した。お洒落《しゃれ》なロゴが入っていて、一目でケーキか何かだってわかる。昨日、俺が買ってきて、そのまま冷蔵庫に入った人気のドーナツ。

「個展のことは聞いたよ～。ゆ～ちゃん、自力でアクセ売ったんだって～？ あの箱で上のステージに上がるためのきっかけ、一つ摑《つか》めたね～？ おめでと～☆」

紙箱を開けると、輝《かがや》くようなホイップドーナツが出現した。それを小皿にのせると、フォークを添《そ》えて俺に差し出す。

まるで「わたしの試練を乗《の》り越《こ》えたご褒美《ほうび》だよ～☆」と言わんばかりだった。

「その代わり、凜音は気づいちゃったよ～？」

俺の心臓がドクンッと跳《は》ねた。

紅葉《くれは》さんがコーヒーサーバーで飲み物を準備する。豆を挽《ひ》く香《こう》ばしい匂《にお》いが漂《ただよ》い、ドリップしたコーヒーがカップに注がれる音がする。

二つのカップを持って、その一つをテーブルの俺の前に置いた。

「ここから第2ラウンドだね～？」

紅葉《くれは》さんの肩《かた》が触《ふ》れる。

その悪い熱が伝染《でんせん》するような気がした。紅葉《くれは》さんの瞳《ひとみ》が魔《ま》女《じょ》のような妖《あや》しい輝《かがや》きを纏《まと》いながら、俺に狙《ねら》いを定める。

「ゆ〜ちゃんにとっての、一番、貫《つらぬ》き通《とお》せるといいね〜？」

「…………」

テーブルの上にある真っ赤なゼラニウム。

花言葉は、『真の友情』──あるいは『君がいて幸せ』。

やっと気づいた。

紅葉《くれは》さんにとって、俺が個展で成功しようが失敗しようが、どっちでもよかった。問題は、それによって生じる歯車の軋み。

……この人の言う「俺の夢を壊《こわ》す」って言葉の本当の意味が、ようやくぼんやりと輪郭《りんかく》を持ってきたような気がした。

♡♡♡

失敗した。飛行機、どれも満席だ……。

夏休み終盤《しゅうばん》の空港はとにかく混んでいて、やっと地元へ帰る便が取れたのは午後7時が過ぎた頃《ころ》だった。

昼前から、ずっと人がひしめく空港で待ちぼうけ。お母さんへのお土産《みやげ》選びは小一時間で終わったし、屋上展望台とかもすぐに飽《あ》きてしまった。ずっとロビーで座ってたから、すごく腰《こし》が痛い……。

搭乗《とうじょう》時間は、午後8時過ぎだった。

窮屈《きゅうくつ》な飛行機が離陸《りりく》して、わたしを都会から連れ出した。

気圧の変化に耳がキーンとなりながら、ふと窓の外を見つめる。小さな窓から見える都会の夜景は、まるで星々を散りばめたような美しさだった。

この景色を、ずっと覚えていよう。

これは新しい思い出。わたしの新しい決意。

——親友って言葉の意味を、わたしは知った。

それは強い絆《きずな》を象徴《しょうちょう》するようで、本質はまったく違《ちが》う。もしも親友の花であるニリンソウにもう一つ花言葉があるんだとしたら、きっとこれに違《ちが》いない。

『あなたの二番であり続ける』

どんなに長い時間を過ごしても。

どんなに強い絆《きずな》があっても。

所詮《しょせん》は、オトモダチ。

きっと一番大事な夢や、一番好きな女の子の前には、儚《はかな》く散ってしまう……ううん。むしろそっと席を譲《ゆず》るのが美徳とされる立ち位置。

ニリンソウという花は、誰《だれ》の目にも触《ふ》れない林の隅《すみ》で咲《さ》くものだから。


ひーちゃんは、それを知ってたのかな。

だから、あんなに強引にゆーくんを奪《うば》っていったのかな。

わたしはそれを知らずに、いつだってショーケースの外で眺《なが》めてたのかな。

「……ほんと、バカだな」

窓に額を当てて、小さく独《ひと》り言《ご》ちる。隣《となり》の旅行帰りっぽいお姉さんがちょっとだけ戸惑《とまど》った様子を見せて……でも、知らないふりを決めてアイマスクを付けた。

(わたしはバカだ。何もかも思い通りになるわけないのに……)

でも、わたしはひーちゃんのようにはなれない。

ひーちゃんみたいに、夢よりも自分を見てほしいなんて言えない。

それでもゆーくんの夢に情熱を注げないというなら、一緒《いっしょ》にいるのは諦《あきら》める。

小学生のわたしの思い出とは、もうお別れしよう。
月下美人のアクセを外して軽くなった左手で、さよならと手を振《ふ》ろう。

ねえ、ゆーくん。
最後の東京旅行、楽しかったよね？
二人だけの思い出、たくさんできたよね？

わたし、男の子と旅行したの初めてだった。
一緒《いっしょ》に写真撮《と》ったのも初めてだし、プロレス観戦をしたのも初めて。
一緒《いっしょ》のベッドで過ごしたのも初めてだし、男の子と喧嘩《けんか》したのも初めてだよ。

両手に一杯《ぱい》の思い出があれば、この先は一人で行ける。
これ以上は、重くて転んじゃうからいらない。
もう同じ時間を過ごすことはできないと思うけど。
わたしはゆーくんのかけがえのない存在じゃないけど。

「——でも、わたしたち親友だよね？」

あとがき

どんなに仲のいいカップルも一週間くらい旅行すると絶対に喧嘩《けんか》して帰ってくるよねって話でした。

今巻もありがとうございます。七菜《ななな》です。

日葵《ひまり》ちゃんがやっとこさ付き合うところに漕《こ》ぎつけたと思ったら、凛音《りおん》ちゃんはすでに夫婦《ふうふ》の喧嘩《けんか》してんな？？？　この先どうなるの？？？　……と、1巻の頃《ころ》に想像してたよりずっと長い連載《れんさい》に突入《とつにゅう》して頭をひねりすぎてそろそろ千切れそうな七菜《ななな》は思うのであった。

この『だんじょる？』には、始めから一人だけ異質が紛《まぎ》れ込んでいました。

もうお気づきだと思いますけど、凛音《りおん》ちゃんは一人だけ完璧《かんぺき》すぎましたね。でも、きっと完《かん》璧《ぺき》な人なんてこの世にはいなくて、もしいたとしたら、それはたぶん人の形をした何かだったのではないかなと思います。

初めて呼吸をした彼女の物語が、悠宇《ゆう》くんたちにどう絡《から》まっていくのか。

ラウンド2、秋の文化祭編。

放浪《ほうろう》の末、凛音《りおん》ちゃんの初恋《はつこい》が流れ着く場所は？お泊《とま》りデートで裏切られた日葵《ひまり》ちゃんの傷心に触《ふ》れるとき、女たちの禁断の物語が幕を開ける！

Flag 5.『もう、男より女同士がいいよね？』――果たして担当さんは七菜《なな》の暴走を止めることができるのか⁉　乞《こ》うご期待‼


以下、宣伝です。

この『だんじょる？』のボイスコミックが、Youtube の電撃《でんげき》文庫チャンネルにて配信中だと思います。Kamelie 先生の漫画《まんが》に声がついたぞ！　みんなチェックしてね！


以下、謝辞です。

イラスト担当の Parum 先生、担当編集K様。制作・販売《はんばい》に携《たずさ》わってくださる皆様《みなさま》。今巻もご一緒《いっしょ》させて頂きまして、誠《まこと》にありがとうございました。次巻も何卒《なにとぞ》よろしくお願い申し上げます。

それでは、またお目にかかれる日を願っております。

２０２２年２月　七菜《なな》なな

クリエイターとして東京で一つ経験を積んだ悠宇。
凛音の変貌。天馬たちとの新しい絆。
旅の余韻に浸るのも束の間、二学期が始まり
――容赦ない贖罪の時が悠宇に迫る。

「ゆっう～？　この幸せそうな朝チュン写真、
説明してくれるかな～??（にこっ）」
「なんで日葵が持ってんの!?」

ようやく日常が戻ったと思いきや、
奈落の底に落とされ後悔に苛まれる悠宇。
そこに手を差し伸べるのは――？

「ナハハ。この程度の修羅場、
オレが華麗に片付けてやろう」
「こいつ、絶対に楽しんでやがる……っ！」
笑う彼は果たして天使か、悪魔か……。

ひとりぼっち(?)の文化祭編――スタート!!

男女の友情は成立する？

いや、しないっ!!

Flag 5.

七菜なな
イラスト／Parum

電撃文庫

予　定――！

——大丈夫。日葵には、榎本さんとの
同室お泊りはバレてないバレてないバレて……
次巻予告
近日発売

◉七菜なな著作リスト

「男女の友情は成立する？（いや、しないっ!!）
Flag 1. じゃあ、30になっても独身だったらアタシにしときなよ？」（電撃文庫）
「男女の友情は成立する？（いや、しないっ!!）
Flag 2. じゃあ、ほんとにアタシと付き合っちゃう？」（同）
「男女の友情は成立する？（いや、しないっ!!）
Flag 3. じゃあ、ずっとアタシだけ見てくれる？」（同）
「男女の友情は成立する？（いや、しないっ!!）
Flag 4. でも、わたしたち親友だよね？〈上〉」（同）
「男女の友情は成立する？（いや、しないっ!!）
Flag 4. でも、わたしたち親友だよね？〈下〉」（同）
「四畳半開拓日記01～04」（単行本　電撃の新文芸）

四畳半開拓日記

著／七菜なな
イラスト／はてなときのこ

電撃《新文芸》スタートアップコンテスト優秀賞受賞のスローライフ・異世界ファンタジーが書籍化！

独身貴族な青年・山田はある日、アパートの床下で不思議な箱庭開拓ゲームを発見した。気の向くままに、とりあえずプレイ。すると偶然落とした夕飯のおむすびが、なぜか画面の中に現れた。さらにそのおむすびのお礼を言うために、画面の中から白銀のケモミミ娘が現れた⁉

——これ、実はゲームじゃないな？

神さまになったおれの週末異世界開拓ライフ、始まる！

電撃の新文芸

本書に対するご意見、ご感想をお寄せください。

ファンレターあて先
〒102-8177　東京都千代田区富士見2-13-3
電撃文庫編集部
「七菜なな先生」係
「Parum先生」係

本書は書き下ろしです。

電撃文庫

男女《だんじょ》の友情《ゆうじょう》は成立《せいりつ》する?(いや、しないっ!!)

Flag 4. でも、わたしたち親友《しんゆう》だよね? 〈下《げ》〉

七《なな》菜《な》なな

◇◇◇

2022年3月10日　初版発行

発行者　青柳昌行
発行　株式会社KADOKAWA
〒102-8177　東京都千代田区富士見2-13-3
0570-002-301（ナビダイヤル）
装丁者　荻窪裕司（META＋MANIERA）
印刷　株式会社暁印刷
製本　株式会社暁印刷

●お問い合わせ
https://www.kadokawa.co.jp/（「お問い合わせ」へお進みください）
※内容によっては、お答えできない場合があります。
※サポートは日本国内のみとさせていただきます。
※ Japanese text only

※定価はカバーに表示してあります。

ISBN978-4-04-914228-0　C0193　Printed in Japan

電撃文庫　https://dengekibunko.jp/

電撃文庫創刊に際して

文庫は、我が国にとどまらず、世界の書籍の流れのなかで〝小さな巨人〟としての地位を築いてきた。古今東西の名著を、廉価で手に入りやすい形で提供してきたからこそ、人は文庫を自分の師として、また青春の想い出として、語りついできたのである。

その源を、文化的にはドイツのレクラム文庫に求めるにせよ、規模の上でイギリスのペンギンブックスに求めるにせよ、いま文庫は知識人の層の多様化に従って、ますますその意義を大きくしていると言ってよい。

文庫出版の意味するものは、激動の現代のみならず将来にわたって、大きくなることはあっても、小さくなることはないだろう。

「電撃文庫」は、そのように多様化した対象に応え、歴史に耐えうる作品を収録するのはもちろん、新しい世紀を迎えるにあたって、既成の枠をこえる新鮮で強烈なアイ・オープナーたりたい。

その特異さ故に、この存在は、かつて文庫がはじめて出版世界に登場したときと、同じ戸惑いを読書人に与えるかもしれない。

しかし、〈Changing Times,Changing Publishing〉時代は変わって、出版も変わる。時を重ねるなかで、精神の糧として、心の一隅を占めるものとして、次なる文化の担い手の若者たちに確かな評価を得られると信じて、ここに「電撃文庫」を出版する。

1993年6月10日
角川歴彦

電撃文庫DIGEST　3月の新刊

発売日2022年3月10日

第28回電撃小説大賞《金賞》受賞作

この△ラブコメは幸せになる義務がある。

【著】榛名千紘　【イラスト】てつぶた

平凡な高校生・矢代天馬はクールな美少女・皇凛華が幼馴染の椿木麗良を溺愛していることを知る。天馬は二人がより親密になれるよう手伝うことになるが、その麗良はナンパから助けてくれた彼を好きになって……!?

第28回電撃小説大賞《金賞》受賞作

エンド・オブ・アルカディア

【著】蒼井祐人　【イラスト】GreeN

究極の生命再生システム《アルカディア》が生んだ"死を超越した子供たち"が戦場の主役となった世界。少年・秋人は予期せず、因縁の宿敵である少女・フィリアとともに再生不能な地下深くで孤立してしまい――。

アクセル・ワールド26
―裂天の征服者―

【著】川原 礫　【イラスト】HIMA

黒雪姫のもとを離れ、白の王の軍門に降ったハルユキは、《オシラトリ・ユニヴァース》の本拠地を訪れる。そこではかつての敵《七連矮星》、そしてとある《試練》が待ち受けていた。新章《第七の神器編》、開幕！

Fate/strange Fake⑦

【著】成田良悟　【イラスト】森井しづき
原作／TYPE-MOON

凶弾に頭部を打ち抜かれたフラット。だが彼は突如として再生する。英霊以上の魔力を伴う、此度の聖杯戦争における最大級の危険因子として。そして決定された黒幕の裁断。――この街が焼却されるまで、残り48時間。

七つの魔剣が支配するⅨ

【著】宇野朴人　【イラスト】ミユキルリア

奇怪な「骨抜き事件」も解決し、いよいよオリバーたちは激烈なリーグ決勝戦へと立ち向かうことに。しかし、そんな彼らをじっと見つめる目があった。それは、オリバーが倒すべき復讐相手の一人、デメトリオ――。

魔王学院の不適合者11
～史上最強の魔王の始祖、転生して子孫たちの学校へ通う～

【著】秋　【イラスト】しずまよしのり

エクエスを打倒し生まれ変わった世界。いままで失われた《火露》の行方を追い、物語の舞台はついに"世界の外側"へ!?第十一章《銀水聖海》編!!

ギルドの受付嬢ですが、残業は嫌なのでボスをソロ討伐しようと思います4

【著】香坂マト　【イラスト】がおう

四年に一度開かれる「闘技大会」……その優勝賞品を壊しちゃった!!!?　かくなる上は、自分が大会で優勝して賞品をゲットするしかない――!!

男女の友情は成立する？（いや、しないっ!!）
Flag 4. でも、わたしたち親友だよね？〈下〉

【著】七菜なな　【イラスト】Parum

一番の親友同士な悠宇と凛音は、東京で二人旅の真っ最中！ところが紅葉の横槍から両者譲らぬ大喧嘩が勃発!?　運命の絆か、将来の夢か。すれ違いを重ねる中、悠宇に展覧会へのアクセ出品の誘いが舞い込んで――。

シャインポスト②
ねえ知ってた？ 私を絶対アイドルにするための、ごく普通で当たり前な、とびっきりの魔法

【著】駱駝　【イラスト】ブリキ

紅葉と雪音をメンバーに戻し、『TiNgS』を本来の姿に戻すため奮闘する杏夏、春、理王とマネージャーの直輝。結果、なぜか雪音と春が対決する事態となり……？　駱駝とブリキが贈る、極上のアイドルエンタメ第2弾！

楽園ノイズ4

【著】杉井 光　【イラスト】春夏冬ゆう

華園先生が指導していた交響楽団のヘルプでバレンタインコンサートの演奏をすることになったPNOのメンバーたち。一方の真琴は、後輩の伽耶を連れ、その公演を見に行き――？　加速する青春×音楽ストーリー第4弾。

死なないセレンの昼と夜 第二集
―世界の終わり、旅する吸血鬼―

【著】早見慎司　【イラスト】尾崎ドミノ

「きょうは、死ぬには向いていない日ですから」人類が衰退した黄昏の時代。吸血鬼・セレンは今日も移動式カフェの旅を続けている。永遠の少女が旅の中で出会う人々は、懸命で、優しくて、どこか悲しい――。

日和ちゃんのお願いは絶対5

【著】岬 鷺宮　【イラスト】堀泉インコ

終わりを迎えた世界の中で、ふたりだけの「日常」を描く日和と深春。しかし、それは本当の終わりの前に垣間見る、ひとときの夢に過ぎなかった……終われない恋の果てに彼女がつぶやく、最後の「お願い」は――。

新作 **タマとられちゃったよおおおぉ**

【著】陸道烈夏　【イラスト】らい

犯罪都市のヤクザたちを次々と可憐な幼女に変えた謎の剣士。その正体は平凡気弱な高校生で!?　守るべき者のため、兄（高校生）と妹（元・組長）が蔓延る悪を討つ。最強凸凹コンビの任侠サスペンス・アクション！

第27回電撃小説大賞
大賞
受賞作
孤独な天才捜査官。
初めての「壊れない」相棒は
ロボットだった──。
菊石まれほ
［イラスト］野崎つばた
ユア・フォルマ
紳士系機械 × 機械系少女が贈る、
ＳＦクライムドラマが開幕！
相性最凶で最強の凸凹バディが挑むのは、
世界を襲う、謎の電子犯罪事件！！
最新情報は作品特設サイトをCHECK!!
https://dengekibunko.jp/special/yourforma/
電撃文庫

ギルドの受付嬢ですが、残業は嫌なのでボスをソロ討伐しようと思います
uketsukejou saikyou
残業回避!
定時死守!
(自分の)平穏を守るため、受付嬢が凄腕冒険者へと変貌する――!?
第27回電撃小説大賞金賞受賞
ギルドの受付嬢ですが、残業は嫌なので
ボスをソロ討伐しようと思います
冒険者ギルドの受付嬢となったアリナを待っていたのは残業地獄だった!?　すべてはダンジョン攻略が進まないせい…なら自分でボスを討伐すればいいじゃない!
[著] 香坂マト
[ill] がおう
電撃文庫

二月 公
イラスト／さばみぞれ
声優ラジオのウラオモテ
#01 夕陽とやすみは隠しきれない？
オモテは元気&清楚なアイドル声優／
ウラはギャル&根暗地味子な女子高生!?
プロ根性で世界をダマせ!
バレたらアウトの声優ラジオ
Now On Air!!
第26回
電撃小説大賞
大賞
受賞
電撃文庫